디스이즈

싸우스

코리아

목차

회기

평소랑 다른 것은 인터넷이 끊겼다는 것, TV와 집 전화도 인터넷이 연결되어야 쓰는 것이니 안 되는 것이 크게 걱정될 일은 아니었다. 평소에도 이런 적이 있었기 때문에 당연한 듯이 공유기를 갖고 이리저리 둘러보았다. 깜빡거리는 여러 초록색 LED들이 무엇을 의미하는지 정확히는 알지 못하지만 공유기 전원을 껐다가 켜면 인터넷은 다시 돌아오곤 했다. 하지만 오늘은 이 방법이 통하지 않았다. 이때까지만 해도 잠깐 낮잠이라도 자고 일어나면 축축한 먼지가 덮여있는 일상의 모든 것들이 돌아올 것 같았다. 하지만 얼마 지나지 않아 명치에 시린 느낌이 들었다. 어릴 적 부모님이 밤늦게까지 집에 돌아오시지 않을 때의 느낌과 비슷했다. 껐다 켜는 방법이 안 통할 때면 주저하지 않고 서비스센터에 전화를 했었는데 지금은 전화도 되지 않는다. 순간 나도 모르게 창밖에 대한민국 어디서나 보이는 산(산이라고 하기에는 작고 언덕이라고 부르기엔 단숨에 넘을 수 없는)을 바라보았다.

스마트폰만 켜면 세상 어디에서 벌어지는 일이든 다 내 손바닥 안에서 일어나는 일인 것처럼 한눈에 훑

어볼 수 있었다. 하지만 인터넷 하나 끊겼을 뿐인데 동네 동산 뒤편의 일도 알 수가 없었다. 무능력함에서 오는 좌절감은 이미 익숙해져 있었지만 세상과 완전히 단절된 느낌은 새삼 목을 조였다.

나는 '공포는 무지로부터 비롯된다.'는 말을 믿는다. 누군지 모르는 사람이 현관문을 두들길 때, 처음 학교에 입학할 때, 군대에 갈 때, 본능적으로 어둠을 두려워하는 것도 내 눈앞에 무엇이 있는지 알 수 없기 때문이다. 스트레스를 잊으려 인터넷이 안 되는 화장실에서 큰일을 볼 때처럼 다시 볼 생각 없이 마구잡이로 찍어댄 휴대폰 사진첩을 뒤져보면서 시간을 보냈다. 천 장이 넘는 사진을 넘겨보면서 한 번 더 떠오르는 추억에 미소 짓지는 못했다. 어린 시절부터 무슨 이유에서인지 모르겠지만 나는 성인이 되고도 한참까지 불안증에 시달렸다. 특히 부모님이 늦게까지 집에 돌아오지 않는 상황이면 머릿속으로 온갖 끔찍한 상상을 하면서 부모님이 영영 돌아오지 못할 것 같은 생각에 초조해서 아무것도 하지 못했다. 그때마다 어떻게든 쉽게 집중할 수 있는 TV나 온갖 가벼운 오락거리를 붙들고 놓지 않았다. 그렇게 버티면 부모님은 아무 일 없었던 듯 돌아오셨고 지금까지 이렇다 할 사고도 병도 없이 잘 지냈다. 오늘도 이렇게 버티다 보면 부모님은 퇴근하시고 각자의 직장에서 돌아오시고 인터넷과 전화가 안 되는 이 상황도 얼마가지 않아 끝날 것이라고 스스로를 다독였다.

정의로운 사람들

부모님은 역시 아무 일 없이 돌아오셨다. 하지만 평
소보다 서둘러 돌아오시며 전해주신 말씀이 큰일이 벌
어진 것 같다는 추측과 함께 다시 나를 짓눌렀다. 인터
넷이 안 되고 전화가 안 되는 상황이 우리 집 우리 동네
만의 일이 아니고, 어머니 아버지가 일하시는 직장에서
도 일어났다는 것이었다. 그렇다고 한들 우리가 할 수
있는 건 아무것도 없었다. TV도 먹통이고 집에 흔한 라
디오도 없어서 무슨 소식을 듣는 것이 불가능했다. 그냥
별일이 아니길 바라면서 저녁을 먹고 각자 평소엔 보지
도 않던 아날로그 벽시계, 먼지 쌓인 책, 온갖 읽을거리
들을 눈앞에 두고 읽었다. 하지만 무엇 하나 집중해서
보기 힘들었고 결국엔 천장과 벽지를 한참 바라보면서
잠이 들길 기다렸다. 갑자기 길어진 하루가 답답했다.

다음 날 아침, 수면을 방해한다는 블루라이트를 평
소와 같이 보지 않고 자서 그런지, 아니면 인터넷이 안
되던 어제가 악몽처럼 느껴져서인지 알람보다 먼저 눈
이 떠졌다. 어서 어제 사건의 진상을 TV로 확인하고 다
시 일상으로 돌아가고 싶었는지도 모르겠다. 어머니 아
버지도 일찍 일어나셨다. 모두 아무 말도 하지 않고 차

가운 새벽에 가라앉은 공기가 남아있는 거실에 어색하게 둘러앉았다.

"인터넷 아직도 안 돼요."

TV도 켰다 꺼보고, 휴대폰도 몇 번을 확인했지만 어제와 크게 달라지지 않았다.

"그러네."

평소에도 대화를 길게 하지 않았지만 오늘 아침 이 대화는 왠지 더 짧게 느껴졌다. 해가 뜨면서 집 주변 풍경들이 눈에 들어왔다. 여전히 마을 언덕은 그 너머 소식을 가리고 서 있었다. 걱정보다 아무것도 달라지지 않은 풍경에 안심하는 것도 잠시 시선 끝에 어제와 다른 모습이 눈에 들어왔다.

"저기 좀 보세요! 차들이 왜 저렇게 줄지어 서 있죠?"

어제부터 애써 외면한 불안감이 목소리를 키웠다.

"나가서 무슨 일인지 알아보고 올게요."

집에서 마을 입구까지는 걸어서 10분, 차로는 3분

거리. 아버지와 나는 차를 타고 마을 입구 까지 나가 길을 막고 서 있는 차들에 말을 걸었다.

"무슨 일이에요? 무슨 일이 생겼습니까? 왜 다들 이렇게 내려가고 있는 거죠?"

차에 혼자 타고 있던 중년 남성은 어떤 대답도 하지 않았다. 무슨 말이라도 해주겠거니 하고 어색한 침묵을 참았지만 끝내 아무 말도 하지 않았다. 대신 수면 밑에서 떠오르던 기포가 점점 커져 물 밖으로 터져 나오듯이 그 남자의 의식 밑바닥에서 괴로운 기억이 표정으로 터져 나왔다. 생전 처음 보는 표정이었다. 설명을 듣기엔 무리인 듯싶어 뒤에 있는 다른 차로 눈길을 돌렸다. 일가족이 타 있는 그 차에선 대충 설명을 들을 수 있었다.

"저도 잘 모르겠는데 서울 쪽에서 무슨 일이 난 것 같아요. 저희도 새벽에 사람들 내려오는 걸 보고 같이 내려오는 중입니다."

큰 도로와 멀리 떨어진 우리 집은 아침에야 눈치를 챘지만 아마 이 행렬은 이미 어제 새벽부터 계속된 것 같았다. 확답은 얻을 순 없었지만 '종전이 아니라 휴전', 이 말이 은연중에 떠오르고 끝내지 않은 전쟁, 쉬고 있던 전쟁이 다시 시작된 것이라는 생각이 들었다. 얼마

전 스쳐 본 뉴스에 오랫동안 국내에 숨어서 첩보 활동을 한 젊은 간첩을 체포했다는 뉴스도 내 추측에 힘을 더했다. 아버지와 나는 다시 집으로 돌아가 짐을 챙기기 시작했다. 어머니께는 '무슨 일이 났다더라, 짐을 챙겨서 사람들이랑 남쪽으로 가야 된다.' 정도의 설명밖에 하지 못했다. 실제로도 우리가 아는 정보가 딱 그 정도뿐이었다. 장기간 이동에 필요한 것들을 챙기던 중 가슴에 무엇인가 통 부딪혔다. 마당에 키우던 개 두 마리, 잠깐이라도 그치지 않고 하루 종일 비가 오는 날이 아니면 무조건 하루에 한 번 이상 산책을 해주고 힘든 일이 있을 땐 멋대로 쓰다듬으면서 위로받던 개 두 마리. 개를 품에 안고 자기 자식처럼 키우면서 사랑하는 애견인은 아니었지만 매정하게 버리고 갈 수는 없었다.

"개들은 어떻게 하죠?"

부모님은 아무 대답이 없었다. 여러 가지를 한 번에 걱정해야 하는 부모님들의 마음에는 개들을 생각할 여유는 없었다. 차라리 나도 떠올리지 않았으면 했지만 이미 늦었고 뭔가 대책을 찾기 전까진 발길을 뗄 수 없을 것 같았다. 차에 싣고 같이 갈 수는 없었다. 평소에 산책을 할 때면 목에 걸린 줄을 있는 힘껏 당기며 뛰고 싶어하던 아이들이었다. 항상 마음껏 뛰어놀지 못하게 한 것이 미안했었다. 풀어주자. 그동안 개들을 구속하면서 느껐던 죄책감은 이런 상황에 모른 척 풀어버리는 무책임함으로 덮었다. 마당에 나가서 줄에 묶여있던 한 놈을 풀어줬다. 그랬더니 같이 놀자고 기지개를 켜고 내 앞에서 몇 번 까불더니 훌쩍 달아나 버렸다. 견사에 갇혀 있던 다른 한 녀석은 뛰어나가는 녀석을 보고는 흥분해 견사 벽에 매달리면서 난리를 부렸다. 견사 문을 열어주고 창고로 가서 혹시 개들이 돌아오면 배가 고프지 않게 창고에 남아있는 사료를 전부 바닥에 쏟아놓고 문을 살짝 열어 놓은 채 돌아와 짐을 다시 싸기 시작했다.

한 사람당 한 배낭 정도의 짐을 싣고 차들의 행렬에 합류했다. 빽빽한 차량 행렬에 끼어드는 것이 힘들었다. 차가 꽉 막혀 집에서 멀리 도망치지도 못했지만 왠지 안심이 됐다. 많은 사람들과 같은 길을 가고 있다는 것에서 오는 안도감이었다. 차는 어느 명절 때보다 막히고 앞으로 갈 생각이 없는 것 같다. 차에 기름은 많이 남아 있었지만 그만큼 멀리 갈 수 있을 것 같지는 않았다.

시간으로는 한참, 거리로는 얼마 못 간 지점에서 앞선 행렬 사이에 뭔가 눈에 들어왔다. 군인들이 거의 멈춰있는 차량의 안쪽을 살펴보면서 걸어오고 있었다. 탑승자들을 확인하고 있는 것 같았다. 그러더니 한 차량의 창문을 두드리고 젊은 남자 한 명을 내리게 하고 무언가 설명하는 것 같았다. 남아있는 차 안에 가족들도 무엇인가 말했다. 다시 짧게 군인들이 말했다. 보아하니 징집

대상 나이대의 남성을 골라 부대로 데려가려는 것 같았다. 부모들은 군인들에게 뭔가 항의하는 듯 애원하는 것처럼 보였고 아들은 당황해 부모와 군인들 사이에서 가만히 서 있었다. 평소 이기적인 범죄들을 뉴스로 접할 때마다 이런 생각을 했다. 대한민국의 정의로운 사람들은 다 죽었다고. 국가가 위기에 처할 때마다 용감하고 정의로운 사람들은 앞서 싸우다 생을 마감했고 뒤에 남아 비겁하게 살아남은 사람들은 애써 정의를 입에 담지 않으며 희생당한 사람들을 외면하기 바빴던 것이라고. 외면하지 않으면 자신의 비겁함이 드러나고 희생자 가족들에 대한 배상을 해야 했기 때문일 것이다. 나도 마찬가지다. 이런 상황에 그저 아무 생각 없이 부모님을 따라 도망갈 생각으로 차에 탔다. 예비군 훈련 때 들은 행동 양식은 떠올리지 않았다. 핑계를 대진 않겠다.

"다녀오겠습니다."

내가 정의로운 것은 아니다. 하지만 억지로 끌려가는 꼴, 도망가는 꼴이 되기는 싫었다. 그뿐이었다.

"잠깐 기다려라."

한숨을 쉬면서 아버지께서 말했다. 차 안에서는 담배를 태우지 않는 아버지이지만 기다리란 말에서 담배 냄새가 났다.

"집으로 와라. 무슨 일이 생기건 다 끝나면 전부 다 끝나면 집에서 보자. 집으로 와라."
"네."

어머니는 아무 말도 못 하시고 나 스물한 살 때 논산 훈련소 앞에서처럼 울기만 하셨다. 아무 말도 못 하셨다. 배낭을 뒤져 군복을 찾아 입었다. 도망가려고 했으면서 왜 군복은 챙겼는지 잘 모르겠다. 모자와 군화는 챙기지도 않았으면서….

"다녀오겠습니다."

아들이라고 태어나서 학교에서 성적표를 받아올 때, 지원한 학교에 불합격했을 때 합격했을 때 졸업했을 때 입대할 때 또 지금, 항상 아버지 폐에 담배 연기만 불어넣는다. 지금까지 아버지께는 죄송한 마음뿐이다. 차라리 내가 없었다면 당신의 삶이, 피난 가는 걸음이 조금은 더 가벼웠을지 모를 일이다. 멈춰 있는 차들 사이로 천천히 걸어갔다. 전쟁터에 끌려갈지도 모르는 사람치고는 이상하게 담담했다. 돌이켜 보니 오히려 일상생활이 더 불안했던 것처럼 느껴졌다. 눈앞의 죽음보다 더 좋은 삶을 살 수 있다는 희망이 없는 하루하루를 보내는 것이 더 괴로운 일이었나 보다.

"어디로 가면 돼요?"

나보다 어려 보이는 군인에게 물었다.

"네, 선배님. 앞으로 더 걸어가셔서 갓길에 서 있는 트럭으로 가시면 됩니다."

아무 죄 없이 그저 명령에 따르며 사람들과 말다툼을 하고 있던 어린 병사에겐 자발적으로 가겠다고 나선 내가 고마웠나 보다. 말투가 깍듯했다. 병사들을 짐짝처럼 나르는 트럭에 도착해서 자리를 잡고 앉았다. 군대는 변하겠다고 다짐하고 사회는 안전을 울부짖었지만 역시 이 트럭은 변하지 않았다. 다시 봐도 이 트럭은 짐칸에 실리는 사람들의 안전을 고려하고 있지 않다. 나보다 먼저 와서 앉아있는 사람 세 명은 군복을 입지 않고 있다. 예비군 훈련 같았으면 쓸데없는 농담이나 하면서 웃고 떠들었겠지만, 앉아 있는 사람들의 표정들을 보아하니 아무 말도 하고 싶지 않아 보였다. 나도 마찬가지였다. 한 트럭을 다 채우자 차는 출발했다. 군복을 입고 있는 사람은 나랑 나보다 나이가 좀 더 많아 보이는 아저씨 단 두 명뿐이었다. 그 아저씨의 명찰이 파란색인 것을 보니 아마 공군 출신인 것 같았다.

"차에서 내려서 잠깐 대기해 주십시오."

멍하니 차에서 내려서 부대 입구를 바라보고 섰다. 제대하고 잊을 만하면 군대를 다시 가는 꿈을 꿨다. 순간 꿈인가 하는 의심이 들어 여기저기 둘러봤지만 근처 화단에 아무렇게나 핀 민들레는 꿈처럼 바람에 좌우로 흔들리지 않았다. 바람이 불어가는 방향으로 기울었다가 다시 곧게 서지 못하고 바람맞은 만큼 굽은 채로 기울었다.

현실

    연병장에서 이곳저곳에서 모인 사람들과 함께 대기하고 있었다. '군대' 하면 역시 기다림이다. 사회에 있을 땐 용납할 수 없는 이런 무의미한 기다림. 무용지물이 된 휴대폰을 주머니 속에서 쥐고 멍하니 섰다가 쪼그려 앉기를 반복했다. 휴대폰만 보고 있으면 하루를 보내는 건 어렵지 않았다. 새로운 소식, 대단한 사람들의 빛나는 성취, TV에 나오던 연예인들의 자극적인 사생활, 좋아하는 스포츠 경기의 하이라이트, 세계 각지에서 쏟아지는 다양한 얘기들… 하루 종일 그것만 들여다보면 그 일들이 내 이야기인 듯 가짜 뿌듯함에 취해 하루를 보냈다. 예비군 훈련 등 강제적으로 휴대폰을 금지당하고 가끔 사색에 잠겨야 할 때는 나는 아무것도 생각하지 않았다. 휴대폰을 내려놓는 순간 마주하는 내 모습엔 아무것도 떠올릴 게 없었다. 주위에 모인 사람들도 마찬가지였다. 비슷한 지역에 살다가 끌려온 비슷한 나이대의 사람들 아무리 둘러봐도 TV에 나오는 것처럼 특별한 얘기를 가지고 있는 사람은 없어 보였다. 그때마다 나랑 비슷한 사람들은 내 주변에 있는 사람들이라는 것을 새삼스럽게 다시 느꼈다. 트럭들이 몇 대 더 모이자 한 대위가 앞에 나와 병사들을 지시해서 사람 수를 세고 줄을 세웠다.

"국가적 위기 상황에 모여주신 여러분들께 감사의 말씀을 드립니다. 자세한 상황을 지금 말씀드릴 수는 없지만 일단 부대 안에서 대기해 주시기 바랍니다."

국가적 위기 상황이라는 말에 마음이 덜컥거렸다. 우리는 비어있는 막사에 수를 맞춰 대충 자리를 배치받았다. 예비군 훈련 경험에 비추어 보아 같은 생활관에 배치받은 사람들과 한동안 얼굴을 계속 마주해야 할 것이다. 면면을 살펴보니 아까 나랑 같은 트럭을 타고 온 군복을 챙겨 입은 사람도 있었다. 대부분 나랑 비슷하게 체념한 표정을 짓고 있었지만 누구는 불안해 보였고 누구는 조금 화가 난 표정을 하고 있었다. 시간이 조금 지나자 생활관에 각자 편한 자세를 잡고 누웠다. 저녁 시간이 돼서 오랜만에 짬밥을 받아먹었다. 밥 조금에 김치 깍두기 똥국이 전부였다. 비상시에 뭘 바라겠느냐. 차 안에서 굶고 계실 부모님 생각에 허기는 지지 않았다. 어제부터 오늘까지 온종일 멍하다가 이제야 실감이 났다. 평소엔 먹는 걱정이 없었는데 먹을 것이 성치 않으니 초조하고 답답했다. 밥시간이 지나고 다들 줄을 서서 보급을 받았다. 소총, 방탄모, 탄띠, 탄창, 수통, 군복이 없는 대부분의 사람들에겐 군복도 주어졌다. 소총에서 나는 철컥거리는 소리만이 복도에 울렸다.

5월, 봄이라면 봄. 한반도에 봄가을이 짧아졌다고 하면 여름인 이 계절에도 총을 잡은 손은 시려왔다.

명령

다음 날 아침 전신의 감각이 피부와 나 사이에 빈 곳이라도 생긴 것처럼 멍했다. 잠을 잔 건지 깨어있었는지도 모를 밤을 보내고 해가 떠서 눈을 뜨고 자리에 앉았다. 몸을 일으키자 누워있을 땐 못 느꼈던 생활관을 가득 채운 퀴퀴한 공기가 느껴졌다. 아직 바깥 공기가 찰 것 같아 창문을 열고 싶었지만 참았다. 창문 바로 앞에 누워있는 아저씨의 눈치가 보였다. 혼자라도 숨을 쉬러 생활관을 나서려는데 현역 병사 한 명이 벌컥 문을 열고 사람들 머릿수를 세고 돌아갔다. 문 앞에 서 있는 내 눈도 안 마주치고 기계적으로 숫자만 세어가는 병사를 보고 이러다가 이름 없이 죽을 수도 있겠다는 생각이 들었다. 군번 줄도 없고 거의 대부분 부대에서 받은 남은 군복을 입고 있었기 때문에 군복에 적힌 이름은 아무 소용이 없었다.

"숫자만 세고 가네. 인사도 안 하고."

병사를 탓하려는 말은 아니었다. 우리가 누구인지는 아무 관심 없어 보이는 것이 섬뜩해서 나도 모르게 말이 새어 나왔다.

"요즘 것들이 다 그렇죠. 싸가지 없이."

내가 던진 말을 시작으로 생활관 사람들끼리 조금씩 말을 이어갔다. 어디 사는 누구며 어느 학교를 나왔으며 무슨 일을 하며 나이가 어떻게 된다는. 생활관에는 의사 대학생 자영업자 취준생 공시생 군대를 아직 다녀오지 않은 학생도 있었다. 모르고 봤을 때는 다 비슷한 사람들처럼 보였지만 알고 보니 또 다양했다. 나랑 같이 군복을 입고 트럭을 타고 왔던 아저씨는 의사였다. 무한 경쟁 시대에 열등감으로 의사라고 하면 다 특별해 보인다. 대한민국 어느 상가에나 병원은 있고 또 그 안에 여러 명의 의사가 있음에도 불구하고.

"실례하겠습니다. 상부에서 명령이 내려와서 선배님들 혹시 가지고 계신 휴대폰 모두 수거하겠습니다."

현역 병사 두 명이 문을 두드리고 들어와서 말했다. 또 이거다. 학교가 그랬고 군대가 그랬다. 도대체 무슨 목적으로 이러는 것일까? 이미 무용지물이 되어버린 휴대폰을 걷어서 뭘 하려는지 알 수 없었다. 내가 모르는 어떤 이유라도 있다면 명령과 같이 약간의 설명이라도 같이 해줬으면 싶었다. 하지만 여태 대한민국에 살아왔던 경험으로 비춰보건대 이것은 설명할 것도 없이 그저 목적 없는 통제에 지나지 않는다. 중고등학교 때 공부에 집중을 안 한다며 두발 규제를 강요했던 논리를 생략한 그것과 같은 것이다.

"내가 휴대폰 주면 넌 뭐 줄 건데?"

우리 중 취준생이라고 밝히던 내 나이 또래 한 사람이 말했다. '피식'이었지만 오랜만에 웃음소리가 들렸다.

"병사 월급 아시지 않습니까. 저희 주제에 뭐 드릴게 있겠습니까."

당황하는 이등병 뒤에서 상병이 대신 대답했다. 대충 좋게 넘어가자는 의도의 멋쩍은 웃음을 보일 줄 아는 녀석이었다. 덕분에 분위기가 조금 풀어졌다. 불안과 걱정으로 무거웠던 공기가 진부한 농담으로 조금 데워졌다.

"제출하실 분 없죠?"

대충 우리를 둘러보면서 취준생이 물었다.

"애기야, 그냥 가라. 우리가 나라 지키러 급하게 오느라 휴대폰을 깜빡했다."

대충 그냥 넘어가자는 취준생의 말이었다.

"네, 알겠습니다. 쉬십시오."

눈치 빠른 상병이 이등병의 허리춤을 잡아 끌고 나갔다.

"전화도 인터넷도 안 되는데 휴대폰을 뭐 때문에 건 다는 건지…. 에휴."

앞으로 어떤 일을 시킬지 모르지만 지금 이 명령 한 번으로 이 부대 지휘관이라는 사람에 대한 기대가 사 라졌다. 지금껏 만나왔던 꼰대들과 똑같은 사람일 것이 다. 대충 세면을 마치고 부대 안을 돌아보았다. 현역에 있는 모두가 일사불란하게 무언가 준비하는 모습은 없 었다. 다만 현역 병사들이 건물과 건물을 빠른 걸음으 로 돌아다니는 것만 가끔 보였다.

"저기! 잠깐 뭐 좀 물어볼 수 있을까? 무슨 일이래? 진짜 전쟁 난 거야?"

방금 눈치가 좋은 상병이 눈에 띄어 붙잡고 물어봤다.

"죄송합니다. 저도 잘 모릅니다. 군내 통신도 잘 안 되 는 것 같습니다. 저도 지금 심부름만 다니고 있습니다."

표정에서 정말 아무것도 모른다는 것을 알 수 있었

다. 하지만 답답해서 한 번 더 물었다.

"그래도 대충 눈치가 있을 거 아니야. 네 느낌엔 어 때? 간부들 분위기가 있을 거 아니야."

"제가 이런 말 했다고 어디 가서 말씀하시면 안 됩 니다. 하… 제가 봤을 땐 간부들도 지금 무슨 일인지 잘 모르는 것 같습니다. 멍해서는 계속 무슨 일인지 알아 내려고 하는 게 전부인 것 같습니다."

"그럴 줄 알았다. 그래, 고생해라!"

"넵, 충성!"

충성 소리가 불편했다. 그냥 인사 대신 하는 경례지 만 현역 시절 자신들은 일반 병사인 우리들과 다른 사 람인양 표정을 지으며 '안 되면 되게 하라.' 등의 자기 편한 소리를 지껄이던 간부들의 얼굴이 떠올라 구역질 이 났다. 그 잘난 간부들도 지금 같은 상황에 결국 나랑 별반 다를 것 없이 멍하게 있는 것이 분명했다. 답답한 마음에 하늘을 올려봤다. 휴대폰을 내려놓으니 하늘을 올려다볼 시간이 생겼다. 힘이 들 때는 하늘을 보라는 노래 가사에 무엇인가 답이 있을 것 같았지만 아무 대 답도 없었다. 구름 한 점 없이 파란 하늘이었다. 바람까 지 불어주면 답답함이 덜어질까 싶어 하늘을 올려다본 채로 기다렸지만 바람은 불어주지 않았다. 오히려 바람 없는 그 파란 하늘을 계속 올려보고 있자니 천장이 하늘색인 돔에 갇힌 것 같아 더 답답했다. 주머니 속에 휴대폰을 꺼내 들었다. 무용지물인 휴대폰이었지만 습관적으로 대기 화면을 틀었다. 그런데 작은 빨간 점이 눈에 들어왔다. 소셜 미디어에 연동된 메신저 앱에 알림 표시가 떠 있었다. 분명 인터넷이 끊긴 이후에 생긴 알림이었다. 확인해보니 워킹 홀리데이로 호주에 갔을 때 알게 된 호주인 친구에게서 온 메시지였다.

'are you alive?'

'괜찮으냐?'도 아니고 '살아있냐'라니 도대체 이 나라에 무슨 일이 났길래 코리아가 어디에 붙어있는지도 모르던 놈이 내 생사를 걱정하게 된 것인가 놀랐다.

'I am okay, do you know what happened in my country?'

당사자이고 또 이 땅에 사는 내가 지구 반대편에 있는 녀석한테 여기 무슨 일이 일어났는지에 대한 한심한 질문은 전송되지 않았다. 인터넷이 언제 연결된 것인지 모르겠지만 아주 짧은 순간이었던 것 같다. 한참을 기다렸지만 내 메시지는 전송되지 않았다. 그래도 또다시 잠깐이라도 인터넷이 연결되는 순간이 있으면 전송될 수 있으니 휴대폰은 항상 켜둔 채로 두어야겠다. 휴대폰에서 눈을 떼고 고개를 들자 멀리서 내 쪽을 보고 있는 간부의 모습이 보였다. '아차!' 싶어 휴대폰을 재빠르게 주머니에 넣고 생활관으로 돌아갔다.

거인

생활관에 들어오니 영락없는 동원 훈련 광경이 펼쳐져 있었다. 서로 각자 자리에 편한 자세를 잡고 누워 얘기를 나누거나 자고 있었다. 그중에는 잔다기보다 그저 눈을 감고 있는 사람도 있었다. 내 뒤를 따라 의사인 나이 많은 예비역이 들어왔다. 나이는 35, 내과 전문의, 표정을 보아하니 무엇인가 불편한 고민을 하는 것 같았다.

"무슨 일 있으세요? 선생님?"

그 사람에게 아무것도 배운 적 없지만 의사라는 타이틀을 듣고 자연스럽게 선생님이라는 호칭이 붙었다.

"아니에요, 아무것도. 여기 대대장이 부른다고 해서 갔다 왔는데 내가 어떻게 의사인지 알았는지 자기 옆에 있어 달라고… 부대에 있는 군의관들은 영 믿을 수가 없다고…."

거절하고 돌아오는 길이라고 했다. 옆에 있으면 특별대우를 받을 수 있고 몸은 좀 편할 수 있을 것 같았지만 같이 있고 싶지 않은 사람이었다고 했다. 내 주위에는 부자가 되고 싶어서 어려운 공부를 끝까지 해내며 의대에 가는 친구들이 있었다. 친구의 말을 들어보면 의대에 들어간 대부분의 학생들이 비슷한 생각을 가지고 있는 것 같다고 했다. 의사의 사전적 의미는 사람을 치료하는 직업, 또 그 직업을 가진 사람임이 분명하지만 사회에 만연한 의사의 정의는 언젠가부터 돈을 잘버는 사람으로 변했다. 하지만 내 앞에 있는 이 의사 선생님은 조금 다를 수도 있겠다는 생각이 들었다. 처음 트럭에서 함께 만났을 때 군복을 입고 있었던 이유도 나와는 조금 달랐을지도 모른다. 나의 불완전한 양심보다는 원칙을 지키는 선택이었을 것 같다. 아직 대대장이라는 사람을 마주친 적은 없었지만 대책 없이 배 나온 뚱뚱한 중년 군인의 모습이 머릿속에 떠올랐다.

"자기가 나서서 싸우다 다칠 일도 없을 텐데 뭐 하러 선생님을 근처에 두려고 하는지 웃기네요."
"심혈관계 질환이 걱정될 정도로 비만이긴 하던데…."

내 예상이 맞았다. 우리 둘의 대화를 듣던 같은 생활관 사람들은 하나둘씩 자신들이 군 생활 중 겪은 간부들에 의한 억울한 추억을 나누었다. 경쟁적으로 쏟아지는 이야기들은 대부분 서로 비슷해서 공감하기 쉬웠고 유쾌하지만은 않았다. 잠자코 듣던 아직 군대를 다녀오지 않은 대학생의 어깨가 살짝 처졌다. 그중 의무병 출신인 한 예비군이 말한 어느 부대에나 있을 법한 '통제관 간부가 당직인 날에는 밤에 너무 귀찮게 하지 못하도록 커피를 타오라고 시키면 몰래 숨겨놨던 수면 작용이 강한 감기약을 갈아 넣어 그날 밤은 편하게 보냈다는 얘기'는 압권이었다. 영문도 모르고 당직 내내 졸음과 싸웠던 그 간부는 나중에 당직 중 이상하게 '커피만 먹으면 졸리다.'는 푸념을 했다고. 위험한 동시에 유쾌한 얘기였다.

한참을 떠들다 생활관 밖에서 들리는 커다란 충성 소리에 잠시 나는 말을 멈췄다. 충성 소리가 크고 절도 있는 것이 아마 지금 복도에 있는 간부의 계급이 높다는 것을 알 수 있었다. 잠시 발소리가 가까워지고 생활관 문이 덜컥 열렸다. 이번엔 다들 말을 멈추고 열린 문쪽으로 시선을 돌렸다. 이상하게도 문은 열렸는데 생활관은 더 답답해졌다.

"쉬어, 충성!"

군 시절 교육받은 제식이 나도 모르게 튀어나왔다. 화려한 계급장을 보고 반사적으로 나온 말이었다. 쉬라고 말한 뒤 깜짝 놀라고 긴장한 내가 한심해서 충성은 의도적으로 힘을 뺐다.

"충성….'

대대장도 이런 제대로 된 제식을 예상하지 못했는지 당황한 눈빛으로 경례를 받았다.

"양 대위! 잠깐 얘기 좀 하지!"
"네, 그러시죠."

그렇게 둘은 생활관에서 나갔다.

"아, 씨발. 존나 놀랐네. 아저씨 현역도 아니고 쉬어 충성이 왜 나와요. 어제 제대했어요?"

눈치 없게 문을 닫자마자 의무병 출신 예비군이 큰 소리로 말했다. 아직 문 바로 뒤에 대령이 있을지도 몰랐다.

"쉿!"

나는 조용히 하라는 사인을 주고 문에 귀를 대고 발소리가 멀어지는 것을 확인했다. 문을 살짝 열어 두 사람이 멀어지는 것까지 보고 다시 문을 닫았다. 의무병 출신 예비군이 비아냥거리는 소리를 듣고 떠났는지는 알 수 없었다.

"저도 놀라서 그런 거예요. 누가 그러고 싶어서 그랬겠습니까?"

정말이지 그랬다. 지나고 나면 추억이라던 주변 사람들의 말과는 달랐다. 나에게 군 생활은 아무리 지나도 떠올리고 싶지 않은 기억들뿐이었다. 내 군 생활 중 추억이랄 것을 얘기할 때면 나도 모르게 목소리는 커지고 손이 떨렸다. 그래서 굳이 나서서 얘기하지도 않았고 물어봐도 대답하고 싶지 않았다. 하지만 사회에서 어려운 사람을 대할 때 어려우면 어려운 사람일수록 내 말투는 군대 있을 때처럼 변했다. 훈련의 성과인지 트라우마인지 모를 것이 아직도 머릿속에 말뚝을 박고 있었다. 그건 그렇고 방금 만나고 돌아간 사람을 다시 쫓아와서 할 얘기라는 게 뭘까? 얼핏 머릿속에 떠오르는 생각들이 있었지만 그만뒀다. 내 일이 아니다. 또 선생님이라면 뭐가 됐든 쿨하게 거절하고 돌아올 것 같았다.

원망의 화살

역시 선생님은 돌아왔다. 한참 신나게 떠들다가 다들 얘기할 거리들이 떨어져 해가 어두워지는 속도에 맞춰 생활관엔 침묵이 찾아왔다. 다 같이 공감할 수 있는 추억 거리는 하루도 안 걸려 바닥이 났다. 저녁 시간이 되어 줄을 서고 밥을 먹으러 이동했다. 무엇을 먹어야 하는지 고민하지 않아도 되는 편리함과 뭐든 마음대로 마음껏 먹을 수 없는 쓸쓸함이 부딪쳤다.

"대대장이 끌고 가서 또 뭐라고 했어요?"

식당 옆자리에 우연히 같이 앉아서 대화 거리를 찾아 말을 걸었다. 나도 하고 싶지 않은 질문이었지만 제일 쉽게 떠오른 이 질문 때문에 다른 질문 거리를 찾기 힘들었다.

"이번엔 좀 구체적으로 얘기하더라고요. 간부 식당에서 밥을 먹게 해주겠다, 생활관도 옮겨 주겠다, 샤워 세탁 뭐든 자유롭게 할 수 있게 해주겠다고요."

소름이 끼쳤다. 그렇다면 이 상황에 간부 식당에는 더 좋은 음식을 먹고 있다는 것인가? 망할 놈의 특권 의식은 전쟁 중에도 사라지지 않는구나. 사실 전쟁이라는 것도 특권 의식이 없으면 일어나지 않을 거라는 생각도 들었다. 전쟁하도록 결정하는 것은 국민들이 아니었다. 특권을 가진 사람들, 소위 윗사람이라고 불리는 사람들의 결정에 따라 전쟁은 시작된다. 본인들은 전장에 나가서 싸우다 개죽음당할 일이 없기 때문에 나가서 싸우다 수천수만의 사람들이 목숨을 잃을 것이 분명한 결정을 내릴 수 있는 것이다. 아! 그래서 핵미사일이 발명되고 언제든지 위치만 발각되면 죽을 수 있는 시대가 되니 전쟁이 쉽게 일어나지 않는구나… 혼자만의 생각으로 한심한 결론을 냈다.

"근데 왜 돌아오셨어요? 거기 붙어 계신다고 해도 아무도 욕 안 할 텐데."

진심이었다. 친일파가 나라를 팔아먹고도 대대손손 잘 먹고 잘산다는 뉴스를 보면 분노에 치가 떨리지만 막상 TV를 끄고 현실로 돌아오면 '나라를 팔아서 민족 반역자 소리를 들을지언정 부모님과 내 자식이 물질적 부족함이 없이 살 수 있다면…'이라는 생각을 하게 된다. 당장 먹을 것 입을 것 지낼 곳이 없으면 나라도 없고 자존심도 없고 정의도 없었다.

"글쎄요. 다른 사람들은 몰라도 제가 저 스스로를 욕할 것 같아서요."

나름 다른 사람들의 시선 따위는 신경 쓰지 않고 살고 있다고 자신했지만 중요한 건 다른 사람의 시선을 신경 쓰지 않는 것이 아니라 자신에게 부끄럽지 않은 사람이 되는 것이었다. 의사 선생님은 낙엽들이 다 지고 쓸쓸한 가을이 아름다울 수 있도록, 높고 눈부신 파란 하늘 같은 사람이었다. 그나마 몇 년 전부터 중국에서 불어오는 미세먼지 때문에 파란 하늘을 볼 수 있는 날이 별로 없는 것 또한 닮았다. 자기 자신에게 거짓말을 하지 않는 이 사람은 믿을 수 있을 것 같았다. 만약 의사가 아니었어도 어떤 자리에서든 사람을 구하고 있을 사람이었다. 대통령이 나라의 자존심을 팔고 경찰과 검찰은 범죄자와 거래를 하고 의사가 환자를 상대로 장사를 하는 세상일지라도.

다음 날 오전 세 개 생활관을 특정해서 단독 군장을 착용하고 연병장으로 집합하라는 방송이 들렸다. 처음엔 내 생활관이 불릴 것이라고는 상상도 못 했었기에 귀 기울이지 않았으나 '다시 한번 말씀드리겠습니다.' 이후엔 우리 생활관이 불렸다는 것을 알 수 있었다.

"우리 나오라는데요?"

다들 한숨 한 번씩 쉬고 느리게 방탄모를 쓰고 탄띠를 차고 군화를 신고 총을 들었다. 모두 내키지 않는 표정을 하고 있어서 다 같이 연병장으로 모일 수나 있을까 의심이 들었지만 어느새 다들 줄을 맞추고 있었다.

"이렇게 모이게 한 이유는 여기 연병장에 모인 여러분이 앞으로 맡게 될 임무를 전달하기 위해서입니다. 주변의 부대와 가까스로 군 통신선이 연결되어 주변에서 발생할 수 있는 비상상황에 철저하게 대비할 수 있도록 각 부대 사이의 연결 이동 경로를 확보하는 작전을 동시에 수행하기로 했습니다. 따라서 이곳에 모인 분들을 시작으로 주변 부대로 이동하면서 도로 상황을 파악하도록 하겠습니다. 자세한 사항은 생활관별로 배치받은 소대장이 지휘 통제하겠습니다. 이상!"

재수가 없다. 왜 하필이면 많고 많은 생활관 중에 내가 속해있는 생활관이 불려 나와서 제일 먼저 이런 일을 하게 됐는지 알 수가 없다. 이런 식으로 찾아오는 불행이 제일 받아들이기 힘들다. 문제점을 찾을 수도 없고 원망할 사람도 없다.

"아, 씨발. 할 말 있으면 그냥 하면 되지. 왜 단독 군장으로 나오라고 지랄이야. 좆같네."

맞는 말이다. 10분도 안 돼서 방탄모를 벗으면서 의무병 출신 예비군이 투덜거렸다. 도대체 무엇을 위한 것인지 시키는 사람도 모르고 따르는 사람도 모르는 형식 때문에 짜증이 더해진다.

"근데 왜 하필 저희예요? 뭘 잘못한 것도 없고 다른 생활관도 엄청 많고 뽑힌 생활관은 세 개뿐인데 왜 하필 저희예요?"

아직 군대를 다녀오지 않은 학생이 물었다. '왜 하필' 내가 이 말을 쓰지 않게 된 것이 아마 군대를 전역하고 나서부터일까? '왜 하필 대한민국에서 태어나서', '왜 하필 남자로 태어나서', '왜 하필 나만' 이런 질문을 하게 만드는 대부분의 불행이 결국 나만의 것이 아니고 세상 사는 사람이라면 누구에게나 찾아올 수 있는 일임을 깨달은 것이 아마 그쯤이었던 것 같다. 아직 어려서 이런 원망할 길 없는 불운에 화를 낼 힘이 있는 것 같았다. 하지만 나와 달리 몇몇 사람들은 대학생의 질문에 다들 뭔가를 찾는 듯 두리번거렸고 의사 선생님이 있는 자리에 시선이 멈췄다. 사람들은 원망할 곳을 찾은 듯했다.

"재수가 없다고 생각해요. 누가 뭘 잘못해서 이렇게 된 게 아니에요."

대대장이 자신의 제안을 거절한 의사가 맘에 안 들어서 그랬을 수도 있겠다. 그렇다면 그건 대대장을 원망할 일이지 의사 선생님을 원망할 일이 아니다. 하지만 원망의 화살은 가까이 있는 맞추기 좋은 표적을 향하는 습성이 있다. 주제넘은 나의 변호는 누구 귀에도 들리지 않았다. 누군가를 원망하고 싶은 상황에 적당한 대상이 정해진 것 같았다. 나도 누군가를 원망하고 싶지만 이 모든 상황을 만든 사람이 내 옆에 앉은 사람은 아니다. 오후가 되자 대위 한 명이 생활관으로 들어왔다. 자신을 소대장이라고 소개한 뒤 이번 작전을 우리와 함께 수행할 것이라고 했다.

"잠시 후에 작전에 필요한 물자를 나눠줄 테니까 대기할 수 있도록 해라!"

나이는 나보다 조금 많아 보였다. 대충 봐도 자기보다 나이가 많은 사람이 2~3명은 있었는데 다짜고짜 반말이다. 임무 수행이 유쾌하지 않을 것 같은 예감이 들었다. 3인 1조로 텐트와 전투 식량 실탄 등을 나눠 받은 뒤 오후 2시가 돼서 부대 앞으로 모였다. 실탄을 받고 훈련이 아니라 작전을 수행한다고 생각하니 엄청난 긴장감이 느껴졌다. 여기에 들어오고 나서 이틀간 생활관 사람들에게 껄끄러운 일이 없나 뒤돌아봤다. 뒤통수에 총알을 맞고 죽을 만한 잘못이 떠오르진 않았다. 하지만 실탄과 총을 든 사람들이 내 앞, 뒤, 옆으로 있다는 것에 대한 압박감은 사격 훈련장에서 느끼는 것과는 차원이 달랐다.

"거기 학생! 총에 탄창을 안 꽂아도 절대로 총구 방향을 사람 쪽으로 하면 안 돼요. 웬만하면 쭉 하늘 쪽으로. 이해했죠?"

훈련병 이등병도 못 해본 학생한테 뭔가 가르치는 게 피곤했지만 실탄을 받은 상황에 최소한 알고 있어야 할 것 같아서 말을 했다.

"아, 네…."

자신 없는 대답 소리가 들렸다. 저 친구는 분명히 오늘 누군가에게 총구를 들이밀 것이고 뒤지게 혼날 것 같았다. 어떻게 보면 누구나 한 번은 하는 실수지만 해보고 당해본 입장에서 안 했으면 하는 바람에 꼰대처럼 아는 척을 했다. 물품들을 배급받고 연병장에 잠시 정렬한 뒤 생활관 일원들은 육공 트럭에 실렸다. 소대장은 조수석에 탔다. 같은 사람인데 누구는 실리고 누구는 탔다.

아이러니

트럭으로 이동할 수 있는 거리는 길지 않았다. 부대 입구를 벗어나 큰길에 도달하니 그저 이상하다고밖에 표현할 수 없는 광경이 눈에 들어왔다. 도로는 차로 가득 차 있었고 차 안에는 아무도 없었다. 많은 차가 길을 막아 트럭을 타고 이동할 수가 없었다. 사람들이 차가 너무 막혀 앞으로 가지 않으니 차를 버리고 이동한 것 같았다. 긴 도로에 엄청난 수의 차들이 늘어서 있고 시동은 전부 꺼져 있었다. 차 안엔 아무도 없었고 차 밖에도 우리 말고는 아무도 없었다. 일정한 박자로 덜덜거리는 트럭 한 대의 엔진 소리 이외에는 아무 소리도 들리지 않았다. 차로 가득 찬 도로에서 아무 소리도 들리지 않았다.

"지금부터는 걸어서 이동합니다."

묘한 풍경에서 오는 충격을 떨칠 시간도 주지 않았다. 소대장의 머릿속에는 명령과 그것을 수행해야 한다는 일념이 자리를 차지해 이 장면의 의미를 보지 못한 것 같았다. 차라리 군대에서 주는 밥을 먹고 빈둥거렸던 이틀이 피난을 가다 차를 버리고 이동했던 사람들의 이틀보다 더 편했을 것이다. 부모님 걱정에 가슴이 먹먹했지만 마른침 한 번 삼키며 참았다. 군장을 메고 갓길에 때로는 한 줄 때로는 두 줄로 천천히 걸어갔다. 걷고 또 걸어도 도로의 빈 차 행렬은 끝나지 않았다. 걷다가 잠시 멈추면 소대장은 품에서 종이로 된 지도를 꺼내 한참을 지도와 길을 번갈아 보다가 방향을 정하고 다시 출발하기를 반복했다. 종이로 된 지도를 보는 것은 참 오랜만이었다. 가장 가까운 기억이 어린 시절 가족들과 아버지 차를 타고 여행을 갈 때면 아버지가 차 글러브 박스에서 꺼내서 보시던 것이었다. '지금 이 시대에 종이지도라니….' 종이 지도를 보고 갑자기 주머니에 스마트폰이 떠올랐다. 스마트폰을 사고 처음으로 이렇게 긴 시간 동안 스마트폰의 존재를 잊고 있었다. 주머니에서 꺼내 화면을 켜보는 동작이 낯설었다. 사용하지 않으니 배터리가 이틀은 버텼다. 잠금 화면을 풀자 빨간 점 하나가 눈에 들어왔다. 해외 친구에게 메시지가 와있었다. 언제 어떻게 인터넷이 연결돼서 메시지가 온지 모르겠지만 메시지를 읽으면 지금 이 나라에 무슨 일이 벌어진 것인지 알 수 있을 것 같았다.

"잠깐! 거기 뭐 하는 겁니까?"

제기랄, 하필이면 그때 소대장이 뒤를 돌아봤다.

"휴대전화는 모두 부대에서 제출하도록 하지 않았
나?"

"아, 죄송합니다. 어차피 안 되니까 상관없을 것 같
아서…."

"이리 주십시오. 제가 가지고 있다가 부대에 돌아가
면 제출하겠습니다."

"네…."

처음 휴대폰을 제출하라는 명령을 듣고 코웃음을
치고 당당했지만 명령을 어긴 것이 들통나자 너무나도
쉽게 휴대폰을 넘겨주었다. 바보 같은 규칙이었지만 막
상 규칙을 어긴 것이 들통 나자 내가 나쁜 사람이 된 것
같았다. 메시지만 확인하면 해외에서 바라보는 우리나
라의 상황을 알 수 있었는데 그것을 확인하지 못하고
뺏긴 것이 더욱 아쉬웠다.

"잠시 멈춰서 석식 하겠습니다."

멍한 채로 걷다 보니 저녁 시간이 되었다. 아직 봄이
라 해가 길지 않아 하늘은 어둑어둑해지고 있었다.

"휴대폰 뺏겨서 기분 뭐 같겠네요."

삼삼오오 둘러앉아 전투 식량을 꺼내서 먹기 시작

했다.

"재수가 없을라니까. 어떻게 휴대폰 꺼내서 보자마자 뒤를 돌아봅니까?"

"근데 왜 휴대폰을 봤어요? 전화도 안 되는데."

"그게 인터넷 끊기고 난 다음에 메신저로 해외에 있는 친구한테 문자가 왔거든요. 어떻게 된 건진 모르겠지만 그 후에 한국에 무슨 일이 일어난 건지 아냐고 문자를 보냈는데 메시지가 하나 온 것 같아서요. 온 것까지만 확인하고 내용은 못 읽고 뺏겼어요."

내 얘기를 듣고 각자 숨겨둔 휴대폰을 눈치를 보면서 확인했지만 나처럼 인터넷이 끊긴 후에 메시지를 받은 사람은 없는 것 같았다. 식사를 마치니 금방 어두워지기 시작했다.

"이제 어두워지면 어떻게 이동하죠? 랜턴은 아무도 안 챙긴 것 같던데요."

참으로 어설펐다. 하루에 한 번 어두워진다는 당연한 사실에 아무도 대비하고 있지 않았다. 이 한심한 상황에 한탄하던 중 도로에 세워진 가로등에 불이 차례로 들어왔다.

"아 전기는 되는구나."

예상하거나 기대하는 것마다 모든 것이 빗나가는 상황의 연속이었다. 시끄러워야 할 차로 가득한 도로는 조용했고 도망가는 사람들은 차를 버렸고 어둠을 대비하지 못했지만 아직 어둠 속에 갇히지 않았다. 전쟁 중에도 전기가 끊기지 않은 덕분이었다. 가로등을 따라 다시 한참을 걷다가 큰길을 벗어나 작은 길로 들어섰다. 주변엔 논밭이 보였고 빈 차의 행렬도 끝이 났다. 해가 지자 기온이 빠르게 떨어졌다.

"오늘은 여기서 쉬었다 가겠습니다. 텐트를 치고 출발할 때 짰던 조대로 취침하시길 바랍니다."

휴대하기엔 무겁고 이름처럼 세 명이 자기엔 좁고 추운 날씨를 견디기엔 춥고 설치하기도 편하지 않은, 정말 아무짝에도 쓸모없는 텐트에서 자게 됐다. 전역하면 다시는 볼 일이 없을 것이라 생각했던 이 텐트에서.

"이거 치고 자느니 조금 돌아가서 버려진 차에서 자는 게 낫지 않겠습니까? 소대장님!"

의무병 출신 아저씨가 호기롭게 말했다. 정말 기발하고 좋은 아이디어였다. 아무리 버린 차라고 해도 남의 차에 맘대로 들어가서 자는 것이 맘에 걸렸지만 맨 땅에서 자는 것과 별반 다르지 않은 텐트에서 자는 것 보다는 100배 더 좋은 생각이었다.

"안됩니다. 다들 어서 텐트 설치하세요."

순순하게 '좋은 생각입니다!' 라고 하지 않을 것이란 것은 예상했지만 돌아온 대답은 단호했다. 의무병 출신 아저씨의 표정은 소심하게 손을 내밀었다가 돌연 뺨을 얻어맞은 사람처럼 뻘쭘해했다.

"아니 생각은 한번 해볼 수 있는 것 아닙니까?"

처음 말할 때보다는 기가 한풀 꺾인 목소리였지만 갑자기 뺨을 얻어맞은 사람의 말투는 곱지 않았다.

"입 다물고 텐트 쳐."

나는 둘의 대화를 들으면서 소대장에게선 전술적인 이유라든지 민간인의 재산을 함부로 할 수 없다던지 고 지식하지만 그래도 납득할 만한 설득의 말을 기대했다. 하지만 소대장은 화가 난 듯 의무병 출신 아저씨의 얼 굴에 위협적으로 다가가 그저 자신의 명령을 한 번 더 말했다. 대화가 안 통한다는 것을 깨닫자 아저씨가 먼저 말하기를 관뒀다. 그렇게 두 사람은 말을 그쳤다. 진부한 이유 한마디라도 설명해줬으면 명령에 따랐을 텐데 그 한마디조차 없었기 때문에 모두가 명령에 따랐다기보단 복종하는 꼴이 됐다.

"하필이면 저런 놈이랑 같이 와서 여러 가지로 힘드네요. 안 그래요? 저런 놈들만 아니면 군대도 갔다 와 볼 만 했을 텐데."

화가 난 아저씨가 텐트 안에서 푸념을 늘어놨다.

"군대에 있는 사람들 다 똑같은데 뭘 바랍니까?"

내 경험엔 그랬다.

"맞네. 내가 괜히 열 받았네! 전역한 지 오래돼서 깜빡했었네."

반나절을 무거운 군장을 메고 걸어 피곤했지만 잠이 오지 않았다. 앞뒤가 맞지 않는 하루의 마지막다웠다.

남은 사람들

부대에서 출발해서 하룻밤을 보냈지만 아직 어제 시작한 하루가 끝나지 않은 기분이었다. 밤새 잠을 제대로 못 잔 탓도 있겠고 가끔 숨을 쉬지 않고 있는 나를 발견하게 하는 계속된 긴장감 때문이었다. 차갑고 축축한 새벽 공기를 마시면서 한참을 걷다 보니 멀리서 우리와 같은 군복을 입은 군인들이 마주 보고 걸어오는 모습이 보였다. 암구호를 주고받거나 하지는 않았다. 그저 소대장끼리 악수를 하고 형식적인 말을 몇 마디 나눈 뒤 서로 지나온 길에 대한 정보를 나눴다.

"이제 복귀는 저희 부대로 하시면 됩니다. 군 통신은 어젯밤에 회복되어서 부대 간 연락을 주고받았습니다."

우리가 떠나온 사이에 군 통신은 회복됐다니 그나마 다행이었다. 위쪽 부대 사람들을 따라 걸어가다 길을 막고 있는 차를 치우는 병사들이 보였고 우리는 그 뒤로 따라온 트럭에 실려 위쪽 부대로 이동했다.

"새로운 부대에서 갈라지면 이제 언제 다시 볼지도

모르는데 휴대폰 돌려주시죠."

　새로운 부대 입구에서 급히 어딘가에 보고하러 가는 소대장을 붙잡고 부탁했다. 나를 위아래로 두어 번 흘겨보더니 헛기침을 한 번 하고 바지 주머니에서 내 휴대폰을 꺼내줬다. 중대장은 급했는지 어떤 잔소리를 하려다 말고 뒤돌아 뛰어갔다. 메시지를 확인하고 싶어서 화면을 켰지만 배터리가 오늘까지는 버티지 못했다. 재수가 없으려면 이렇게 끝까지 없다.

　살아오면서 해야 했던 모든 일들 중에 그 이유를 정확하게 알고 했던 것은 손에 꼽을 정도로 적었다. 왜 학교를 가야 하는지 왜 공부를 해야 하는지 왜 경쟁해야 하고 왜 정해진 순위에 따라 절망해야 하는지 왜 군대를 가야 하는지 왜 명령에 복종해야 하는지 왜 부당해도 부당하다고 말하면 안 되는지 살다 보니 그 이유를 어렴풋이 알고 있는 것 같다. 하지만 아직도 명확하게 뭐라고 정리해서 말하긴 힘들었다. 새로 도착한 부대는 이전의 부대와 분위기가 사뭇 달랐다. 모두들 바빠 보였고 우리와 같은 예비군 인원들도 지쳐 보였다. 연병장 수돗가 근처에서는 의자 몇 개에 등받이를 앞으로 하고 고개를 숙인 인원들의 머리를 자르고 있었다. 잘려 나뒹구는 머리카락의 길이를 보니 현역 병사의 것이 아니었다. 파마에 염색까지 되어있는 머리카락은 눈에 띄게 비참했다. 아무도 무언가 생각하고 있는 것처럼 보이지 않았다. 그저 시키는 일을 하는 기계 같았다. 우리는 한참을 부대 입구에 서 있었다. 아무도 우리를 신경 쓰지 않았다. 꽤 오랜 시간 가만히 서 있는 것이 괴롭거나 지루하지 않았다. 바쁘고 지친 사람들 속에서 그저 가만히 서 있는 것이 오히려 편했다. 솔직히 이 부대에 들어가서 같이 일을 하고 싶지 않았다. 우리 중 아무도 이제 뭘 해야 하는지 나서서 묻지 않았다.

"보시다시피 지금 바쁘니까 자세하게 설명해 줄 시간이 없다. 일단 하루 밖에서 고생하고 온 것은 알고 있으니까 이 생활관을 이용하면서 개인 정비할 수 있도록 해."

새로운 부대 소속 대위가 우리들의 작은 평화를 깼다. 망설임이 없는 반말이었다. 반말을 들어서 기분이 나쁘지는 않았지만 직선으로 날아오는 말투에서 앞으로 가차 없이 이들의 통제에 따라야 한다는 생각이 들었다. 다들 생활관에 자리를 잡자마자 군장을 집어 던진 채 옷도 벗지 않고 누웠다. 다들 한동안 군장보다 더 무거운 피로에 움직이지 않았다. 꽤 시간이 지나서야 한두 명씩 군화를 벗고 씻었다. 밥은 가져온 마지막 전투 식량으로 생활관 내에서 해결했다. 쉴 수 있도록 주어진 시간은 세 시간 남짓 피로를 풀기엔 턱없이 부족한 시간이었다. 대신 피로를 마취시킬 긴장감이 다시 찾아왔다.

"우리들은 이제부터 부대에 부족한 물자들을 가져오기 위해 도시로 향한다. 식량이라든지 필요해 보이는 것들은 전부 다 가져오도록 한다."

우리와 함께 온 소대장이 다시 나타났다. 그냥 우리끼리 생활관에서 전투 식량을 까먹게 둔 것은 이것 때문이었나. 비상상황이 벌어지면 군대의 식량 보급은 어떻게 유지될지 궁금했었는데 애초 대책이 없었거나 계획대로 안됐나 보다. 간단한 설명을 듣고 우리는 빈 트럭 한 대와 함께 천안으로 향했다. 지명은 자주 들어 익숙했지만 한 번도 가 본 적은 없는 곳이었다.

외형적으로는 아무것도 변한 것이 없었지만 사람들이 떠난 도시는 무서울 정도로 낯설었다. 조용한 도시에는 우리가 내딛는 발소리가 메아리쳤고 가끔 불어오는 바람이 건물에 부딪쳐서 나는 소리는 우리를 덮칠 것처럼 거대했다. 우리는 도시 주변을 돌며 노골적으로 식량이 있을법한 곳을 들어갔다 나오기를 반복했다. 하지만 사람들이 도망가면서 이미 쑥대밭으로 만들어버린 슈퍼나 마트들에서 얻을 수 있는 것은 많지 않았다. 같이 온 빈 트럭이 민망할 정도였다.

"이렇게 된 이상 민가에서 식량을 찾아볼 수밖에 없다. 아파트나 오피스텔도 수색한다."

이렇게 돌아갈 순 없다고 생각했는지 소대장이 새로운 목표를 설정했다. 그는 이제 상황에 완전히 몰입해 왠지 신나 보이기까지 했다. 차를 타고 가장 가까운 아파트 단지로 가던 도중 아직 완전히 어두워지지 않아서 확실하게 보진 못했지만 수많은 창문 중에서 불이 켜져 있다가 꺼지는 게 보였다. 빨간 노을 밑으로 검게 그늘진 높은 건물들은 하늘을 손에 쥐려는 수많은 손가락 같았다. 아직 남아 있는 사람이 있을 수도 있겠구나. 너무 많은 아파트가 있었기 때문에 우리는 한 사람당 한 라인이라는 간단한 분배를 하고 수색을 시작했다. 주인 없는 집에 함부로 들어갈 생각을 하니 묘한 긴장감에 양쪽 어금니를 붙잡고 있는 잇몸이 간지러웠다. 10층짜리 아파트 계단을 오르면서 문을 부수고 들어가는 것은 너무 힘들 것 같아 일단 10층까지 한 번에 올라간 후에 내려오면서 차례로 확인하려고 했다. 엘리베이터는 작동하긴 하지만 아파트가 오래돼서인지 아님 전력이 이제 약해지기 시작해서인지 너무 느리게 움직여 타지 못했다. 10층에 올라오자 몸은 괜찮은 운동을 한 것처럼 따뜻하게 데워졌다. 하지만 사람이 없는 아파트 복도 공기는 더 차갑게 느껴졌다.

"계세요? 계시면 문 좀 열어 주세요. 안 계시면 문을 부수고 들어가겠습니다."

10층을 걸어 올라오면서 생각해낸 문장이 고작 이거다. 남아있는 사람이 있을 수도 있다는 걱정 때문에 쉽게 들어가지 못했다. 다행인지 불행인지 대답은 없었고 나는 난생처음으로 남의 집에 무단 침입을 시도했다. 소총 개머리판으로 문고리를 내리치는 소리가 아파트 전 층에 울려 퍼질 때마다 내 심장 소리도 덩달아 커져 내 귀에까지 들렸다. 마침내 떨어진 문고리를 잡아 빼고 문고리 구멍으로 손을 넣어 잠금장치를 풀었다. 손목부터 팔꿈치까지 뼈가 아렸다. 나 혼자 아파트에 문을 이런 식으로 다 열어서 확인하긴 힘들다는 것을 깨달았다. 아무도 없다는 것을 알지만 새삼 조심스럽게 문을 열면서 집 안을 확인했다. 첫 번째 집은 애초에 아무도 살지 않는 집이었다. 가구도 쓰레기도 하나 없는 그냥 빈집. 어쩐지 요즘 시대에 도어락이 아닌 열쇠가 있어야 하는 잠금장치가 달린 현관이라니. 순간 죄책감 또는 긴장감이 덜어져서 그대로 거실 바닥에 누워 버렸다. 굉장히 오랜만에 혼자만의 공간이었다. 이대로 잠들었다가 깨면 우리 집 천장이 눈에 들어오고 기분 나쁘게 생생한 군대 한 번 더 가는 꿈을 꿨다며 친구들한테 장난스러운 문자를 보내며 하루를 시작할 수 있을 것 같았다. 언제쯤이나 뉴스에 나오는 모든 얘기가 나랑은 아무 상관 없던 일상으로 다시 돌아갈 수 있을까? 손날에 바닥에 깔린 거친 먼지들이 느껴졌다. 억지로 몸을 일으켜 세우고 옷에 묻은 먼지를 털다가 주머니에 들어 있는 휴대폰을 쳤다. 아! 충전. 첫 번째 집에서 나와서 두 번째 세 번째 집을 돌며 먹을 것과 충전기를 찾아다녔다. 식량은 꽤 찾았지만 충전기는 다들 휴대폰을 가져가면서 챙겨갔는지 찾을 수가 없었다. 지금이 아니면 휴대폰을 충전하고 메시지를 확인할 기회는 쉽게 다시 오지 않을 것이다. 다른 사람의 집에 함부로 들어간다는 죄책감은 점점 줄어들었다.

"아무도 안 계시면 들어가겠습니다."
"잠시만요!"

어린 여자아이의 목소리가 들렸다. 순간 환청을 들은 것 같아서 복도에 울리는 내 목소리가 잦아들 때까지 기다렸다가 한 번 더 물어봤다.

"계세요?"
"네. 잠깐만요!"

확실히 사람이 있는 것을 확인하고 양손에 들고 있던 식량들을 내려놨다. 주머니라는 주머니에는 잔뜩 들어있던 것들도 전부 꺼내서 내려놨다. 잠시 시간이 지나자 문 안에서 작은 발소리가 들렸고 문이 살짝 열렸다. 초등학교 고학년 아니면 이제 막 중학교를 들어간 정도의 작은 여자아이가 나왔다. 그 뒤에는 어머니로 보이는 중년의 여성이 나를 불안한 눈빛으로 쳐다보고 있었다. 빈집에 들어가서 먹을 것을 챙겨 나올 생각만 했던 나는 어찌할 바를 몰랐다.

"안녕하세요."

최대한 경계심을 갖지 않게 목소리에 힘을 빼고 인사했다. 짧은 인사말에 나는 위험한 사람이 아니라는 뜻을 담으려고 한 글자 한 글자 조심스러웠다.

"무슨 일이냐고 하시는데요?"

엄마의 손동작을 끝까지 본 다음 고개를 돌려 나에게 무슨 뜻인지 말해줬다.

"아, 부대에서 식량을 구하러 나왔습니다. 걱정하실 필요 없습니다. 그럼 저는 그냥 돌아가겠습니다."

뒤를 돌아 같은 층 맞은편 집을 수색하는 것도 생략하고 바로 내려가려는 순간 휴대폰 충전기를 빌릴 수도 있겠다는 생각에 발걸음을 멈췄다.

"혹시 휴대폰 충전기 잠깐 쓸 수 있을까요?"

편한 표정은 아니었지만 고개를 끄덕여 주셨다. 집에선 사람 사는 아늑한 향기가 났다. 아직 이 향기가 남아있는 빈집들도 있었지만 사람이 떠난 지 며칠 지나지 않아도 향기의 두께에는 차이가 있었다. 휴대폰을 충전기에 꽂고 그 앞에 앉았다. 하릴없이 시선을 돌리다 부엌 끝에 쌓여있는 식료품들이 보였다. 아마 사람들이 떠날 때 챙겨둔 것 같았다.

"왜 다들 떠났는데 남아 계세요?"
"저희는 차가 없어요."

이번엔 엄마의 말을 해석해 준 것이 아니라 여자아이가 직접 말했다.

"우리는 여기 말고는 도망칠 곳도 없대요."

이번엔 엄마의 말을 전해줬다. 어쩌면 가장 현명한 선택을 한 걸지도 모른다. 도망친 사람들은 본인의 집도 아닌 곳에서 차도 버리고 먹을 것도 없을지도 모른다. 하지만 이들은 아직 전기가 들어오는 본인의 집에서 먹을 것도 충분해 보였다. 본인들의 선택으로 남아있다고 말할 수는 없지만 요 며칠간 상황을 봤을 때는 남은 사람들이 더 편하고 안전해 보였다. 짧은 대화를 통해 아직 이곳에는 남은 사람들이 적지 않다는 것을 알았다. 대부분 차가 없는 사람들이라서 처음부터 도망 갈 생각도 못 했다는 것이다. 그렇게 하루 이틀 지나고 보니 아직 아무 일도 생기지 않아서 오히려 다행이라고 했다. 휴대폰 배터리가 다시 전원을 켤 수 있을 만큼 충전이 됐다.

'일단 살아있다니 다행이야. 지금 TV 뉴스에 따르면 서울이 공격당했다고 하나 봐. 공격의 주체는 아직 누군지 모르지만 대부분 북한의 소행으로 생각하는 모양이야. 미국의 요청으로 일단 일본군이 한반도에 진입하려고 한대. 미군은 상황을 파악하는 데 주력하고 있다나 봐. 아무래도 메시지를 주고받는 데 하루나 이틀 정도가 걸리는 것 같아. 이유는 모르겠지만.(영어)'

'나는 지금 군에 있어. 작전 이외에는 아무것도 모르고 있어. 정보를 줘서 고마워. 앞으로 한국에 대한 뉴스가 나오면 나에게 알려줬으면 좋겠어. 부탁할게.(영어)'

통신이 완전히 끊긴 것은 아니었다. 메시지 전송이 불가능하다는 표시는 뜨지 않았고 전송 중이라는 표시가 계속되었다. 친구가 한 말이 맞다면 내가 보낸 메시지는 내일모레쯤에 전해질 것이다.

"이만 가봐야겠습니다. 원하시면 부대에 같이 가실

수 있도록 도와 드릴까요?"

물어보면서도 바보 같은 질문이었다. 아무래도 식량을 찾으러 나온 부대보다 본인 집에 있는 것이 백 번 나은 것이 분명한데. 차라리 우리 부모님도 피난 가는 대신에 차를 버리더라도 바로 집으로 돌아가셨으면 좋겠다는 생각이 들었다.

"괜찮대요."

소녀에게 마지막 말을 전해 듣고 집을 나왔다. 충전하느라 지체한 시간 때문에 밖은 이미 어두워져 있었다. 계단 창밖으로 부대원들이 얼추 차로 모이는 것을 확인한 후에 나도 남은 집들은 생략하고 바로 합류했다. 모아온 것들을 보니 꽤나 성과가 있었다. 사람들은 이동 시에 조리가 불가능한 것들은 두고 간 것 같았다. 쌀과 양파 마늘 등 채소와 반찬통에 담긴 반찬들이 가득했다.

"오늘은 이 정도에서 마무리하고 부대로 복귀한다."

당장이라도 메시지로 전달받은 내용을 부대 인원들과 함께 나누고 싶었지만 소대장 눈치가 보여서 복귀할 때까지 말을 아꼈다. 부대로 돌아온 뒤 생활관 사람에게서 느껴지는 분위기가 변한 것을 느낄 수 있었다. 더 이상 그저 오합지졸 예비군이라기에는 다들 똑같이 어두운 표정을 하고 있었다. 각자 맡은 아파트를 수색하면서 생경한 장면을 마주한 것이 나 뿐만이 아니었던 것 같다. 돌아오는 길에 서로 본 것들을 얘기하면서 더 다양한 장면을 간접적으로 마주 할 수 있었다. 누구는 혼자 사는 여성이 있는 집에 들어가려고 했다가 필사적으로 저항하는 여성한테 강도 취급을 당했고 누구는 자신의 집이 아닌 곳에 자신의 집인 듯 버티고 있는 남자를 봤다고 했다. 적막해 보이던 도시는 사실 사람들의 빈자리를 대신 채운 불안과 무질서로 더 소란스러웠다. 메시지 속 내용은 일단 의사 선생님에게만 말했다.

"진짜 북한이 공격한 걸까요?"
"두고 보면 알겠지."

누가 됐든 서로 총을 겨눈 채 누군가와 마주할 수도 있다고 생각하니 무서웠다. 자려고 눈을 감고 누웠지만 끊임없이 질문들이 떠올랐다. 하지만 무엇 하나 눈 감고 생각한다고 답이 나오는 질문은 아니었다.

눈을 감았다가 떴을 뿐인데 아침이 왔다. 긴장감 때문에 느끼지 못했었지만 몸은 꽤나 피곤한 상태에 익숙해졌다. 뒷목이 뻣뻣했다. 힘들게 상체를 일으켜보니 문 앞에 중대장이 서 있었다. 내가 일어나기 전에 이미 들어와 있었던 것 같았다. 이미 침상을 정리하고 있는 사람들도 있었다. 간단히 준비하고 15분 내로 단독 군장 차림으로 연병장에 모이라고 했다. 피곤하다고 더 누워있을 시간 따윈 없었다. 긴장해서인지 볼일도 제대로 해결 못 하고 옷만 대충 입고 연병장으로 나갔다. 눈에 보이는 모든 사람이 무표정으로 움직이고 있었다. 한 명도 빼놓지 않고 모두 맡은 일이 있는 것 같았다. 누구든 붙잡고 물어보면 자신만의 이야기를 할 수 있는 사람이겠지만 무표정한 사람들에게선 아무것도 짐작할 수 없었다.

"오늘은 우리가 원래 부대에서 이 부대까지 오는 과정에 했던 것과 같은 작전을 실시한다. 목적지는 서울! 가는 동안 여러 돌발 상황과 마주할 수 있으므로 각오를 단단히 하도록!"

나도 표정을 지웠다.

환자

또 트럭을 타고 달렸다. 달리는 동안 도로 옆 논두렁에 아무렇게나 처박혀있는 차들을 보았다. 이미 다른 병사들이 길을 내려고 일부러 차를 치워 놨다. 덕분에 우리가 탄 트럭은 꽤 오랫동안 아무 저항 없이 달릴 수 있었다. 우리는 사고가 난 세 대의 차가 엉켜있는 사고 현장 앞에서 멈췄다. 멀쩡한 차라면 시동을 못 걸더라도 움직일 수 있었지만 이렇게 사고가 난 차들은 정상적인 방법으로 움직이기는 쉽지 않을 것 같았다. 트럭이 멈추고 다들 내렸지만 선뜻 사고 난 차량 앞으로 모이지 못했다.

"이제부터 길가로 사고 난 차량을 치우는 작업을 실시한다. 최대한 길을 넓힐 수 있도록 한다. 실시!"

가장 먼저 차 앞으로 간 것은 의사 선생님이었다. 나도 바로 뒤를 따라갔다. 차를 보니 두 대의 차에는 아무도 없었지만 운전석 쪽을 들이 받힌 차에는 사람이 있었다. 의사 선생님은 바로 두 대의 차가 붙어있는 보닛위로 뛰어올라 깨진 창문 사이로 운전석에 앉아 있는 사람의 생사를 확인했다. 굳이 확인해 보지 않아도 나는 그 사람이 죽었다는 것을 알 수 있었다. 한 번도 사람의 시체를 본 적이 없었지만 알 수 있었다. 가끔 길가에서 마주치는 동물의 사체를 볼 때와 비슷한 느낌이었다. 생물의 형태를 하고 있지만 생기가 없는 느낌, 분명 그 사람의 얼굴을 보고 있었지만 살아있는 사람을 보는 것과 큰 차이가 있었다.

"여기 시신이 있습니다. 일단 시신부터 꺼내고 진행해도 되겠습니까?"

트럭 조수석에 앉아 있던 중대장이 고개만 빼 들고 짜증스러운 표정을 지으면서 대답했다.

"빨리 진행해!"

의사 선생님이 한 말을 알아들었는지 못 알아들었는지 모르겠지만 빨리 진행하라는 말에 다른 인원들은 애써 시신을 못 본 척하며 자동차의 한쪽 면으로 모여 섰다. 다들 시체를 만지기 싫은 혐오감을 무신경한 명령을 핑계로 모른 척했다. 나도 솔직히 사람의 시체를 만지고 싶지 않았다. 죽은 사람을 위할 만큼 나도 좋은 사람은 아니었다. 멍하니 보닛 위에 쪼그려 앉아 부대원들과 중대장을 한 번씩 번갈아 보던 의사 선생님은 입술을 한 번 꽉 물고 내려왔다. 나도 눈치를 보다 부대원들과 같은 쪽에 섰다. 다들 도로 왼편으로 차를 밀기 위해 힘을 썼다. 자연스럽게 시체가 없는 차들 먼저 치우기로 말없이 의견이 모인 듯했다. 하지만 총 열 명의 힘으로 바퀴와 땅의 마찰력을 이길 순 없었다. 다들 얼굴이 붉게 변하고 몇몇은 이마에 핏줄이 보였다. 걸리적거리는 총은 다들 바닥에 내려놓고 다시 힘을 모아서 차를 밀어 봤지만 들썩거릴 뿐 우리가 원하는 대로 차는 밀려나 주지 않았다. 심장이 빨리 뛰고 숨이 차고 기분 나쁜 차가운 땀이 옷 속에 고였다. 한숨을 돌리려 고개를 들었을 때 트럭 조수석에서 우리를 내려다보고 있는 중대장이 눈에 들어왔다. 한 사람이라도 힘을 더해야 할 일인데 이미 대장 놀이에 심취한 중대장은 우리를 그저 내려다보고 있었다. 힘들고 위험한 일은 하고 싶지 않은 것이 어쩌면 인간의 본성이지만 그런 인간의 치졸한 본성은 자신이 더 높은 사람이라고 믿는 사람에게선 당당하게 드러난다. 순간 분노가 치밀어 올랐다. 실탄이 들어 있는 총으로 눈이 갔다. 쏴버리고 싶었다. 지금 내가 중대장을 쏘고 대충 시체를 아무 곳에나 던져놔도 소대원 중 아무도 나를 구속하려고 하지 않을 것 같았다. 오히려 내게 잘했다고 같이 시체를 숨겨줄 것 같았다. 지금은 사고로 죽은 사람을 봐도 어디 신고할 곳도 없는 비상상황이지 않은가? 조용히 총을 집어들고 빠르게 중대장을 조준한 뒤 방아쇠를 당기면 트럭의 앞 유리를 뚫고 중대장을 명중시킬 자신이 있었다. 훈련병 시절 처음으로 총을 받아들고 실시한 사격 훈련에서 만발을 쏜 실력이 있었다. 어머니 말씀에 따르면 내 사격 실력은 군인으로 평생을 사신 외조부에게서 물려받은 것이 틀림없다고 했다.

"무슨 생각해?"

가만히 미동도 않고 서서 고개를 숙이고 총을 보고 있는 내게 의사 선생님이 어깨를 툭 잡으면서 말을 걸었다. 순간 날카로운 새의 울음소리가 귀에 들어왔고 이마와 뺨에 부딪히는 차가운 바람이 느껴졌다. 그간 쌓인 스트레스와 피로 또 힘을 쓰면서 뇌로 몰린 피 때문에 이성을 잃을 뻔했다. 의사 선생님 덕분에 나는 사고를 치지 않았고 중대장은 목숨을 구했다. 한숨을 한 번 푹 쉬고 차가운 바람으로 가슴을 채우니 목과 어깨를 쥐고 있던 압력이 떨어지는 것이 느껴졌다. 내가 사람을 죽인다니 아무리 이성을 잃었다고 해도 현실과 동떨어진 망상이었다.

"차라리 굴려서 치우는 건 어떨까요? 차가 들썩거리는 걸 보면 최소한 뒤집을 수는 있을 것 같은데."

정신을 한 번 잃었다 차리니 새로운 생각이 났다.

"뭐든 일단 해보죠."

　누군가 동의하는 목소리를 내주자 다들 이번에는 한쪽에서 차를 들어 올리려고 자세를 잡았다. 한두 사람은 그 방법으론 안 된다며 반대를 할 줄 알았지만 아무도 반대하지 않았다. 어쩌면 이미 대부분 나랑 같은 생각을 하고 있었을지도 모르겠다. 다만 말을 하지 않았을 뿐. 다 같이 바보짓을 하고 있을 때 이건 바보짓이라고 용기 내어 말하기는 참 쉽지 않다. 그 말을 하는 순간 잘난 척하고 재수 없는 인간으로 낙인찍히기에 십상이니까. 장정 여럿이 힘을 모으니 승용차 한 대를 뒤집는 것은 그렇게 어렵지 않았다. 예상한 것보다 훨씬 쉽게 차는 옆면으로 섰고 남은 유리창과 천장이 박살 나며 도로 옆 논 귀퉁이로 넘어갔다. 굴러가는 차를 보니 속이 시원했다. 스트레스가 풀리면서 뿌듯하기까지 했다. 기세를 모아 두 번째 차도 쉽게 굴려 버리고 마지막 남은 차 쪽으로 모였다. 다들 못 본 척하고 최대한 운전석에서 멀리 자리를 잡았다. 하지만 가까운 길가로 차를 넘어뜨리려면 누군가는 운전자가 보이는 보닛 운전석 쪽에 서야 했다. 나는 비위가 강한 편은 아니었지만 이미 감정과 감각이 많이 무뎌진 상태여서 운전석 쪽에 자리를 잡았다. 운전자의 머리 부분에서 많은 피가 흘러 굳어 있었지만 자세히 보지 않으면 참을 만했다. 그새 사람들의 힘이 빠졌는지 첫 번째와 두 번째처럼 쉽게 뒤

집지 못했다. 크게 들썩일 때마다 안전벨트에 묶인 운전자는 덩달아 좌우로 흔들렸다. 나도 모르게 헛구역질이 올라왔지만 이 순간만 참으면 된다는 생각으로 버티고 있었다. 하지만 우리 중 가장 어린 학생의 위치가 좋지 않았다. 운전자의 얼굴을 마주 볼 수 있던 자리에 서 있던 그 어린 대학생은 참지 못하고 손을 놓고 토하러 길 아래로 뛰어갔다. 다들 애써 모른 척하려고 했지만 그것도 쉽지 않았다. 누구는 혀를 차고 누구는 하늘을 보는 척하고 누구는 애꿎은 땅을 걷어찼다.

"하⋯."

의사 선생님이 한숨을 쉬고 총을 집어 들었다. '쾅! 쾅!' 굉장히 화가 난 표정을 하고선 보닛 위로 올라선 선생님은 개머리판으로 앞 유리에 구멍을 넓혔다. 몇 번을 연달아 내리치고 여의치 않자 군홧발로 힘껏 밟았다. 사람이 들어갈 만큼 구멍을 내자 거침없이 상체를 차 속으로 밀어 넣었다. 거침없는 큰소리와 움직임에 모든 사람들의 시선이 의사 선생님으로 집중됐다. 의사 선생님은 운전자의 안전벨트를 풀고 팔을 잡아당겨 꺼내기 시작했다. 마구잡이였다. 탄력 없이 숙인 운전자의 고개, 이마는 대시 보드 위에서 굴렀다.

"좀 도와!"

눈을 떼지 못하고 바라보고만 있던 내가 제일 먼저 뛰어들었다. 팔을 한쪽씩 잡고 끌어당겼다. 허리에 한 번 무릎에 한 번 걸릴 때마다 허리춤과 바지를 옮겨 잡으며 간신히 운전자를 꺼냈다. 숨을 한 번 고르고 얼굴이 하늘을 보게 뒤집은 다음 나는 다리, 선생님은 어깨쪽 옷을 잡고 차에서 내려왔다. 그대로 길에서 조금 떨어져 눈에 잘 띄는 마른 논바닥에 눕혔다. 누운 모습이 너무 흉하지 않게 의사 선생님은 팔과 다리 옷가지를 바로잡았다. 중대장은 우리의 모습을 귀찮고 한심한 얼굴로 잠깐 쳐다보고 말았다. 그래도 명령을 어기고 시키지도 않은 일을 한다며 꾸짖지 않았다. 감히 그럴 수 없었을 것이다. 한숨을 돌리고 손과 옷을 털다가 바지춤이 땀이 아닌 것으로 젖은 걸 느꼈지만 무엇으로부터였는지 생각하지 않았다. 주검의 발목에서 전해진 새벽 기온을 마저 털었다. 마지막 남은 차를 치우고 다시 모두 트럭에 타고 길을 따라 이동했다. 대부분 생전 처음 시체를 본 충격으로 아무 말도 하지 않았다. 죽음을 멀리 두고 사는 일상은 환상 같은 것임을 알았다.

얼마나 달렸는지 모르겠지만 차가 멈추자 의식이 미간으로 돌아왔다. 눈은 뜨고 있었지만 눈앞에 풍경을 전혀 보고 있지 않았다. 앞을 보니 버리고 간 차들이 띄엄띄엄 보였다. 다행히 앞에 차들처럼 사고가 난 차가 아니어서 시동을 걸거나 사이드 브레이크를 풀어서 쉽게 이동시킬 수 있을 것 같았다. 뭉쳐서 걷다가 차를 마주치면 차 키가 있는지 확인하고 없으면 사이드 브레이크를 풀어 한 명은 운전을 하고 두 명은 차를 뒤에서 미는 식으로 작업을 진행했다. 이상하게 차들이 보일 때 마다 나와 의사 선생님보다 다른 인원들이 앞서 차에 달려들었고 끝내 길에는 의사 선생님과 나밖에 남지 않았다.

"나 담배 좀 피울게."

요 며칠 같이 지내는 동안 선생님이 담배를 피우는 모습을 본 적이 없어서 흡연자라는 사실조차 몰랐다.

"네."

나는 담배를 피우지 않는다. 가만히 서서 큰 한숨에 가득 담배 연기를 뱉는 선생님을 뒤로하고 나 혼자 천천히 걸었다. 작은 산을 끼고 굽어지는 길을 지나자 의사 선생님의 모습이 보이지 않았다. 관성에 의해 계속 걸으니 내 발소리만 시끄럽게 들렸다. 나는 무의식중에 내 발소리도 줄이면서 고요 속으로 들어갔다. 문뜩 아주 어릴 때 일들이 생각나면서 기억 속에 등장하는 인물들은 지금 무엇을 하고 있을까 하는 의미 없는 질문들도 떠올랐다. 생각은 거미줄처럼 퍼져 눈앞을 가렸다. 한참을 걷다가 정신을 차리고 보니 선생님을 두고 온 자리에서 꽤나 멀리 와 있었다. 어느새 고속도로 혹은 기차에서 내려다보기만 하던 풍경의 농가에 와있었다.

"흐!"

뒤돌아서 가려던 중 오른쪽 시선 끝에 걸친 집에서 누군가 움직이는 모습이 보였다. 너무 놀라 단전에서부터 시작한 압력이 입으로 빠져나오면서 괴상한 소리를 냈다.

"누구세요?"

차마 겨누지는 못하고 소총 손잡이에 손을 올리고 잔뜩 긴장해서 물었다. 누구라고 대답해도 긴장감이 덜어질 리 없었지만 입에서 제일 먼저 나온 말은 누구세요였다. 나와 비슷한 나이, 비슷한 키, 비슷한 체격의 남자가 서 있었다. 얼굴은 닮지 않았지만 나를 알고 있던 사람들도 이 사람의 뒷모습을 본다면 나라고 착각할 정도로 비슷한 체형이었다.

"군인이세요?"

그 남자는 대답은 않고 오히려 반문했다. 내가 군인인가 생각해봤지만 군복을 입고 있을 뿐 군인은 아니었다. 일단 대답하지 않고 먼저 내가 물은 질문에 답을 기다렸다.

"약을 찾고 있어요. 그냥 못 본 척해 주세요."

나를 경계하고 올린 손을 내리더니 서둘러 대화를 마무리 지으려고 했다.

"약이요? 어디 아프세요?"

근처에 있는 집으로 들어가는 그 사람을 따라 들어갔다.

"신경 쓰지 말고 할 일 하세요. 상관하지 마세요."

부엌 한편에서 병원에서 처방받은 것 같은 약 한 다발과 통에 담긴 약을 곤란한 눈빛으로 살펴보았다.

"조금 떨어진 곳에 의사 선생님이 있어요. 아마 지금 이쪽으로 오고 있을 텐데."

"그럼 도움을 좀 받을 수 있을까요?"

남자는 의사라는 말에 귀를 열더니 눈빛에서 간절함을 보였다.

"잠시만 여기서 기다리세요."

마을에서 뛰어나와 왔던 길을 되돌아 뛰었다. 산을 끼고 있는 코너에 가까워지자 의사 선생님의 모습이 눈에 들어왔다. 주머니에 손을 찔러 넣고 고개를 숙인 채 앞을 보고 있지 않았다.

"선생님!"

선생님께 자초지종을 설명하고 우리는 다시 만났다. 선생님과 나를 번갈아 보더니 왠지 방탄모 밑으로 보이는 군인이라기엔 긴 머리카락을 한참 보더니 한숨을 쉬었다.

"제 동생이 지금 많이 아픈데 어떤 약을 줘야 하는지 잘 모르겠어요."

두 손에는 주변 집을 돌아다니면서 모은 약봉지와 약통이 잔뜩 있었다.

"환자는 어디 있죠?"

청년을 따라 산길을 오르다 보니 눈에 띄게 큰 바위 옆에 중학생 정도로 보이는 어린애가 있었다. 얼굴을 창백하고 입술은 검붉었다. 눕지는 못하고 애써 앉은 자세로 상체만 들고 있었다. 아이가 시선에 들어오자마자 달리기 시작한 의사 선생님은 제일 먼저 상태를 살피기 시작했다.

"약 다 가져와 보세요."

아이는 편도선염을 심하게 앓고 있었다. 옆에서 얼핏 봐도 아이의 목구멍 속에는 큰 염증 같은 것이 보였고 열도 심하게 나는 것 같았다. 가져온 약들을 전부 살펴보고 약국 봉지에 들어 있는 약들을 전부 꺼내고 플라스틱병에 골라 담았다.

"일단 급하니까 지금 바로 먹고 식사 후에 하나씩 맞춰서 드세요."

다행히도 아이에게 필요한 약들이 대충 있었나 보다.

"약 먹고 30분 후에는 진통 효과가 나타날 거예요. 다 나을 때까지는 하루에 세 번 거르지 말고 먹고 열이 심하게 나면 자기 전까지 총 네 번을 먹어도 됩니다."

약을 먹이기 위해 내가 차고 있던 수통을 건넸다. 동생은 약을 넘기고도 한참 동안 물을 더 마시고 가쁜 숨을 몰아쉬었다.

"얼마나 이렇게 걸어서 도망친 겁니까? 얼른 저희

랑 같이 가서 뭐라도 좀 먹어요."

아픈 몸을 이끌고 정처 없이 돌아다니느니 군대라
도 천장이 있는 곳에서 지내는 게 좋을 듯싶었다.

"저희는 못 갑니다."

순간 고민하는 모습도 없이 단호한 대답이 돌아왔다.

"동생은 편하고 따뜻한 곳에서 쉬어야 상태가 좋아
집니다. 이 상태로 계속 쉬지 않고 이동하다간 실신할
수도 있어요."

답답한 듯 의사 선생님의 목소리가 평소보다 커졌
다. 이번엔 한참을 고민하는 표정을 짓더니 왜 우리를
따라 부대에 갈 수 없는지 자신들의 얘기를 해줬다.

고아

밥을 먹을 때 식당에 켜져 있는 TV에서 뉴스가 나오면 애써 보지 않으려고 했다. 이 땅에 사는 27년 동안한 번도 뉴스를 관심 있게 본적은 없었지만 가끔 볼 때조차 매번 기분 나쁜 얘기들만 나왔다. 봄엔 황사 여름엔 폭염 가을엔 물가 겨울엔 수능, 수능이 끝나면 성적을 비관한 고등학생이 자살했다는 뉴스의 반복이었다. 좋은 뉴스가 있었는지 모르겠지만 안 좋은 뉴스도 내가듣기엔 항상 배부른 소리로만 들렸다. 고등학교에서 부모가 시험 문제를 빼돌려 자기 자식들에게 전달하는 뉴스를 우연히 들었을 때도 그랬다. 공평하지 않다고, 다른 학생들은 피해를 봤다고. 나와 내 주변 사람들은 그뉴스에서 말하는 공정함과 평등보다 아래 살았다. 네살 때 고아원에 버려져 어머니에 대한 기억이라고는 고아원에서 나를 두고 돌아서는 뒷모습뿐이었다. 내 주변에는 나 같은 고아들뿐이다. 맛있는 반찬은 항상 부족했고 어떻게 조금 더 먹어 보려고 눈치를 봐야 했다. 언젠가부터 비싼 음식들을 배 터지게 먹으면서 돌아다니는 TV 프로그램이 유행하기 전까지 나와 내 주변 아이들에게 세상에서 제일 맛있는 음식은 소시지와 짜장면 탕수육이었다. 그런 우리에게 비만과 성인병 다이어 트도 문제라고 떠드는 뉴스를 공감할 수는 없었다. 그 날따라 점심으로 들고 다니던 컵라면 한 개로는 허기를 다 채우지 못할 정도로 배가 고팠다. 그래서 점심시간이 한참 지나 종업원들밖에 없는 국밥집에 들어갔다. 식당엔 내 숟가락이 그릇을 긁는 소리와 부엌에서 아줌마들이 재료를 다듬는 소리밖에 나지 않았다. TV는 켜져 있었지만 소리는 나지 않았다. 뜨거운 국밥을 식혀가며 먹는 동안 시선을 둘 곳이 없어서 평소에는 보지 않던 파란 배경에 뉴스를 봤다. 평생 나와는 상관없을 그 화면에 아주 익숙한 사람이 등장했다. 간첩을 잡았다는 뉴스였다. 간첩이라는 단어의 뜻은 알아도 낯선 말이었지만 뉴스에 나온 간첩의 얼굴은 아주 익숙했다. 같은 고아원에 나보다 먼저 들어와 있었으며 항상 무표정한 얼굴이었지만 어린 동생들한테는 친절했던 재만이 형이었다. 우리 중에서 나름 공부 욕심이 있었고 성인이 된 후에는 자격증을 따고 취직을 해서 기계 설비를 수리하는 직장에 다니고 있었다. 그런 재만이 형이 간첩이라니… 상황을 이해하기 위해선 시간이 필요했다. 카운터 주인의 리모컨을 들고 소리를 키웠다. 어린 나이에 침투해 북한에 서울 지하철의 설비 지형들을 넘기다가 적발됐다고 했다. 고아원에 들어올 때 나이가 다른 아이들보다 적지 않았다고 알고 있었지만, 그 나이에 간첩이라니 믿을 수 없었다. 무엇보다도 거의 평생을 알고 지낸 사람이 갑자기 간첩이라니 머릿속에서 그동안의 기억들을 아무리 되짚어 봐도 재만이 형을 간첩과 연관 지을 고리가 없었다. 다른 아이들과 다른 점이 있다면 평소 불공평하다는 불평을 많이 했다는 것이다. 하지만 형이 불평한 것은 뉴스에 나오는 공정함과 평등 같은 게 아니라 그냥 우리끼리의 공평함이었다. 음식을 나눠 먹고 다 같이 공을 차고 해야 할 일이 있으면 나눠서 하는 등의 며칠 전 지친 목소리로 오랜만에 안부를 묻는 전화를 한 것이 이것 때문이었나 싶었다. 멍하니 다음 아르바이트를 하고 밤늦게 집으로 돌아왔다. 집에는 같은 고아원 출신인 창민이가 와서 컴퓨터를 하고 있었다. 형제는 아니었지만 내가 성인이 돼서 나올 때까지 제일 나를 따랐던 아이였다. 고아원에선 컴퓨터를 하려면 순서를 기다려야 했고 그나마도 성능이 좋지 않았기 때문에 가끔 우리 집에서 컴퓨터를 하던 것이 이제는 그냥 눌러앉는 꼴이 되었다.

"선생님께 전화는 드리고 여기 있냐?"
"매일 여기 있는데 그런 줄 아시겠지!"

귀찮기도 했지만 사춘기 때 고아원에서 북적거리는 기분이 어떤지 잘 알기 때문에 고아원으로 쫓아낼 수 없었다. '쿵쿵쿵!' 밤 11시, 찾아올 사람이라곤 이미 집 안에 들어와 있는 이 녀석 하나뿐이었다.

"누구세요?"
"경찰입니다."

못났어도 죄지은 것이 없으니 당당하게 문을 열었다. 경찰이라니 오히려 왜 재만이 형이 간첩인 것인지 묻고 싶은 마음에 따지듯이 문을 열었다.

"서재현 씨, 맞죠?"
"네."
"두 분이서 같이 사세요?"

뒤에서 컴퓨터 앞에 앉아있는 창민이를 슬쩍 보고 물어봤다. 재만이 형을 아는지 관계가 어떻게 되는지 물어볼 줄 알았는데 첫 질문은 예상과 달랐다.

"○○ 고아원 출신이시죠?"
"네."
"잠깐 들어가서 몇 가지 질문을 좀 드려도 될까요?"

안된다고 하기에는 두 명의 경찰의 체격이 너무 건장했다.

"같이 계신 분은 동생 분이신가요?"
"부모님과 연락해 보신 적은 있나요?"

"어디 계신지 혹시 아시나요?"

"연락이 닿는 친척 분이 있으신가요?"

질문들은 온통 내 주변의 사람들에 관한 것이었다. 주변에 사람이 없으니 계속 없다고 대답하기만 했다. 마지막까지 재만이 형에 관련된 질문은 없었다.

"잠깐만요! 혹시 재만이 형이 진짜 간첩인가요?"

협조해줘서 고맙다는 말과 함께 흡족한 듯 돌아서는 경찰들한테 물어봤다.

"이재만 씨를 아세요?"

두 명의 경찰 중 조금 어려 보이는 경찰이 놀란 듯 물었다. 다른 경찰도 놀란 표정을 짓더니 이내 해줄 수 있는 말이 없다며 어린 경찰의 등을 짚고 밖으로 나갔다. 하지만 나는 일순간 나이 많은 경찰의 표정이 놀람에서 떨어진 지갑을 발견한 것 같은 표정으로 변하는 것을 읽었다. 형사들이 건물 입구 뒤편으로 돌아가는 것을 확인하고 화장실로 조용히 들어갔다. 내가 사는 반지하 방 화장실에는 길과 바로 연결된 환풍구가 있다. 말이 환풍구지 비가 들이치지 않도록 하는 작은 처마가 없으면 길에서 나는 소리뿐 아니라 지나다니는 사람들의 무릎까지는 다 보일 구멍이었다.

"한 명 가지고는 부족했는데 잘됐어. 이재만이랑 아는 사이라고 같이 엮으면 그림이 더 커지겠어."

나이 많은 경찰이 말했다.

"그렇지만 간첩 같아 보이지 않았는데요…."

어린 경찰이 말했다.

"이재만은 그럼 진짜 간첩이라 잡아넣었나? 주변에 사람이 없으니까 잡아넣기 편해서 잡은 거지!"
"그렇지만 서재현 씨는 어린 학생이랑 같이 있었는데요."
"어린애가 뭘 할 수 있겠어. 여차하면 그냥 다 묶어 버리면 돼. 어차피 이재만도 어릴 때 고아로 위장해서 내려온 간첩이니까."

다른 사람이 들을 수 없게 벽에 붙어서 작은 소리로 대화를 나눈 것이 내 귀에 대고 속삭인 꼴이 됐다. 아마 저 경찰들은 한 번도 이런 반지하에 살아 보지 않은 사람들일 것이다. 쥐가 된 것 같은 기분이 들었다. 밤에 작은 구멍으로 다른 사람들의 말을 엿들었기 때문만은 아니었다. 잡혀 들어가면 재만이 형처럼 아무 말도 못 하고 간첩으로 몰릴 것이 분명했다. 경찰들이 다시 오기 전엔 무조건 도망을 가야겠다. 창민이도 같이.

밤새워 먼 길을 떠날 준비를 하고 해가 뜨기 전에 창민이와 함께 출발했다. 도망쳐야 하는 이유를 설명하는 내내 창민이는 우리는 잘못한 것이 없는데 왜 도망쳐야 하냐고 따졌다. 자기 딴에는 진실을 말하면 잡혀도 금방 풀려날 수 있을 것이라고 했다. 나도 창민이 나이 때라면 같은 말을 했을 것이다. 하지만 성인이 되고 세상에서 밥을 벌어 먹고살다 보니 억울하다고 말하는 사람은 있어도 그 억울하다는 말을 들어주는 사람은 없다는 것을 배웠다. 대부분 억울한 얘기를 들으면 주변에 앉은 사람들끼리 공감하는 척 값싼 동정의 말을 주고받는 것이 전부다. 정작 주변에 비슷한 일이 일어나면 자신의 일이 아니라 다행이라고 외면할 뿐이다. 어디로 가야 할지 정하지는 못한 채로 집에서 멀어지는 방향으로 걷다 보니 점심시간이 되어 해장국집으로 들어왔다. 다른 사람들이 보면 어느 형제가 여행이라도 가는 것처럼 보였을 것이다. 크지도 않은 배낭에 이것저것 잔뜩 넣어서 가방의 봉제선이 끊어질 듯 팽팽해져 있었다. 조용한 식당에 평범한 하루를 보내고 있는 사람들 틈에서 밥을 먹고 있으니 내가 도망치고 있다는 사실이 그저 꿈같았다. 귀 바로 옆에서 휴대폰 알람 소리 크게 울리면 놀라서 일어나 '거지 같은 꿈을 꿨다.'라고 긴장된 채로 자고 있던 어깨를 털고 일상으로 돌아갈 수 있을 것 같았다. 다시 뉴스에서 익숙한 얼굴을 보기 전까지는. 이번에는 나와 창민이가 뉴스에 나왔다. 일전에 잡힌 이재만과 같은 간첩이며 어느 동네에 살다가 지금 남쪽으로 도주 중이라고 했다. 동네 이름을 들은 식당 아주머니는 여기랑 가깝다면서 호들갑을 떨었다. 어디로 갈지 정하지도 않고 정처 없이 왔는데 어떻게 우리가 어디로 가는지 알았을까? 오른쪽 바지 주머니 속 휴대폰의 무게가 느껴졌다. 식탁 위에 뼈를 버리는 통에 휴대폰을 버리고 식사를 대충 마무리한 뒤 계산을 하고 나왔다. 뉴스에서 자신의 모습을 본 창민이는 그때부터 불평을 그치고 따라왔다. 다행히도 식당 안에서 같이 뉴스를 본 사람들은 근처라고 해도 신경 쓰지 않았다. 뉴스에 나온 사진이 어릴 때 학교에서 찍은 것이어서 우리를 알아보지 못한 걸 수도 있다. 평생 기념하고 싶은 일이 없었던 것이 지금은 오히려 다행이었다. 식당에서 나와서는 줄곧 사람이 없는 쪽으로 다녔다. 가다가 산이 보이면 오르고 조금 높은 곳에서 내려다봤을 때 가까운 산이 있으면 다시 그 산을 향해서 걸었다. 딱히 갈 곳이 없었기 때문에 산에서 쉬다가 사람이 보이면 걷고 사람이 안 보이면 멈춰서 쉬기를 반복했다. 해가 지고 산책로에 마련된 공중화장실에 들어갔다. 봄이지만 아직 밤은 쌀쌀해 바람을 막아줄 곳이 필요했다.

대충 자리를 잡고 잠을 자려는데 창민이가 물었다.

"이제 우리 어떻게 해?"
"나도 몰라."

살면서 뭔가를 자신 있게 알았던 적도 없지만 지금은 정말 아무것도 모르겠다. 처음으로 공허함이라는 단어를 배웠을 때 나를 항상 짓누르던 감정이 그것임을 깨달았다. 하지만 지금 이 기분은 공허함보다 한 삽 더 깊었다. 딱딱한 타일 바닥에 배낭을 기대고 잠이 들었다. 차가웠지만 더럽진 않았다.

대지를 쥐었다 펴는 것 같은 소리에 눈을 떴다. 굉장히 멀리서 하지만 그 크기를 짐작할 수 있을 정도로 분명하게 들렸다. 불규칙적인 리듬, 조금 멀리서 다시 조금 가까이서 수차례 반복되는 소리였다. 화장실 밖으로 나가 무슨 일인지 알아보려고 했지만 눈으로 확인할 수 있는 것은 없었다. 소리가 그치고 그저 공사장에서 나는 소리 혹은 근처 군대에서 훈련하는 소리일 것이라고 넘겼다. 태어나서 처음 와보는 곳이니 이 주변에서는 으레 들리는 소리일 수도 있겠다. 아직 날이 덜 밝아 더 잘까도 했지만 불편한 자리에 다시 눕는다고 편하게 잘 수 있을 것 같지 않았다. 될 수 있으면 서울에서 멀어지려고 창민이를 깨워 대충 얼굴만 씻은 뒤 다시 걷기 시

작했다. 하룻밤 추운 곳에서 자고 일어났더니 나도 창
민이도 컨디션이 좋지 않았다. 나는 단순 근육통이었지
만 창민이는 나보다 더 좋지 않았다. 햇볕에 한참을 걸
었는데도 추운지 몸을 덜덜 떨고 있었다. 하지만 쉬려
고 해도 약을 구해주려고 해도 일단은 걸을 수밖에 없
었다.

산 밑을 내려다볼 수 없게 가리던 나무들이 걷히는
장소에 도착하자마자 내려다본 동네에는 전혀 예상하
지 못한 광경이 펼쳐져 있었다. 특별할 것 없어 보이는
한적한 동네는 시끄럽고 차가 다닐 수 있는 도로마다
차가 가득 차 있었다. 아마 새벽에 들은 폭발음이 예삿
일이 아니었을 것이다. 차라리 잘 됐다고 생각했다. 모
두가 혼란스러울 땐 주변에 어린 간첩 하나둘 지나다녀
도 아무도 신경 쓰지 않을 것 같았다. 창민이한테는 천
천히 내려와서 산길이 끝나는 지점에서 기다리고 있으
라고 말한 뒤 나는 서둘러 산에서 내려갔다.

엉망이 된 슈퍼 편의점 이곳저곳을 돌아다니면서
과자나 음료수 따위를 구해서 창민이를 다시 만났다.
내 예상이 맞았다. 가끔 마주치는 사람들은 내 얼굴보
단 내가 손에 들고 있는 식량을 잠깐씩 째려보고는 지
나갔다. 열려있는 약국은 없었다. 식품이야 이미 엉망
이 되어 있는 곳에서 주워오면 그만 이었지만 닫혀 있

는 약국을 내가 억지로 열기는 두려웠다. 열려 있었다고 해도 내가 무슨 약을 가져가야 하는 지 알 리가 없었다. 대충 끼니를 때우고 둘이서만 도망칠 때보단 이상하게 가벼워진 마음으로 남쪽으로 이동했다.

선글라스

간첩으로 몰려서 도망치기 시작했고 여기까지 왔다는 말을 듣고 어떻게 그럴 수가 있냐는 의문은 들지 않았다. 오히려 그럴 수도 있다고 조금의 의심도 들지 않고 납득했다. 같이 부대로 가는 것은 안 될 것 같았다. 의사 선생님도 더 이상 무리하게 둘을 설득하려고 하지 않았다.

"이제 이쪽 길로 군인들이 올 수도 있으니까. 다른 쪽으로 도망치세요. 아무래도 서울로 올라가는 길을 확보하려고 하는 것 같으니까…."

조언이라고 해줄 수 있는 것이 도망쳐 나온 서울로 다시 돌아가라는 말뿐이었다.

"일단 약을 골라 주신 것은 감사합니다. 앞으로 어떻게 할지는 저희가 알아서 하겠습니다. 딱히 좋은 방법은 없지만 더 나빠질 일도 없습니다."

깔끔했다. 어려운 일이 있으면 쉽게 다른 사람에게 의지하고 불평하던 나와는 다르게 완벽하게 독립된 어른으로 보였다. 그렇게 말하고 둘은 천천히 우리가 온 길과 반대쪽으로 돌아갔고 우리는 다시 왔던 길로 돌아 갔다. 길을 막고 있던 차들은 도로 옆으로 치워져 있었 다. 마주 오던 중대 사람들을 만났고 앞쪽에는 차가 없 다고 말한 뒤 중대장이 있는 쪽으로 다 같이 돌아갔다. 차를 치우며 올라오는 도중에 신형 차 한 대에 사이드 브레이크가 전자동식으로 되어 있어서 사고 난 차처럼 뒤집어서 치우느라 시간이 좀 걸렸다고 했다. 중대장이 타고 있는 트럭이 천천히 우리 쪽으로 오고 있었다. 어 디서 났는지 중대장은 여태 볼 수 없었던 선글라스를 끼고 있었다. 하루가 정말 길게 느껴졌다. 이동하면서 해가 지는 것을 처음부터 끝까지 지켜봤다. 어릴 때는 해가 지면 하루가 끝나는 게 아쉬웠고 밤이 되면 당연 히 집으로 돌아가서 설레는 마음으로 내일을 기다렸었 다. 아침에 눈 뜨는 게 힘들었지만 일단 자리를 박차고 일어나면 즐거운 마음으로 하루를 살았다. 하지만 언젠 가부터 해가 뜨고 지는 것과 관계없이 내 하루는 끝나 거나 시작되지 않았고 잠드는 것은 힘들고 아침은 두렵 기만 했다. 난리 통에 휩쓸리고 있지만 처음부터 끝까 지 하루를 온전하게 보내니 내일은 다른 날이 시작되고 무언가 끝맺을 수 있을 것 같은 기분이 들었다. '웅웅' 트럭에서 느껴지는 무자비한 진동 사이로 허벅지를 간 질이는 작은 진동이 느껴졌다.

'아버지가 한국에 있는 독일인 기자가 쓴 글을 보고 말씀해 주셨는데 지금 너의 나라에서 벌어지고 있는 일은 정권 교체를 위한 음모일 가능성이 있대. 자세한 것은 모르지만 국가 간 벌어진 일뿐만 아니라 한국군 간 또 군대와 시민 사이의 충돌도 있나 봐. 그리고 아무래도 인터넷이 완전히 차단된 것이 아니고 의도적으로 속도를 늦춘 것 같아. 그래서 우리가 메시지를 주고받을 수 있는 거야. 일단 계속 연락을 유지해. 나도 계속해서 알 수 있는 정보를 전해줄게.'

부모 중 한 분이 독일 사람이라는 것을 알고 있었지만 그게 아버지 쪽인지는 이제 알았다.

'고마워, 나는 아직 살아있다.'

이젠 힘들게 알려고 하지 않아도 좀 있으면 서울에 도착해 폭발의 중심을 눈으로 확인할 수 있을 것 같았다. 그러면 내가 어떤 일을 해야 하는지도 알 수 있을지도 모른다. 햇볕이 가시고 뜨거웠던 볼이 식자 하루 종일 찡그리고 있던 눈을 크게 떴다. 하지만 중대장을 보니 아직도 선글라스를 끼고 있었다. 아마도 저 선글라스는 중대장 본인의 것이 아니겠다.

"자, 각자 흩어져서 일을 돕도록!"

트럭이 위병소 몇 개를 통과하고 내려진 부대에는 장갑차도 보이고 꽤 많은 병력이 모여 있었다. 장비와 물자들을 모으고 정렬시켜 어디론가 이동할 준비를 하는 것 같았다. 요 며칠을 함께한 생활관 사람들 중대원들은 한두 명씩 일손이 부족한 곳으로 흩어졌다. 20대 초반에 학교를 벗어나 성인이 돼서 만난 인연들이 그렇듯 다음을 기약하는 인사는 하지 않았다. 우연히 만났다가 다시 각자의 길로 나눠질 뿐이었다.

새로운 부대에서 생활하면서 가끔 보이는 익숙한 얼굴들은 새로운 사람들 사이에서 희미해졌다. 이따금 마주치는 중대장은 자기보다 계급이 낮은 사람들 앞에서는 항상 뒷짐을 지고 있었다. 새로 가위를 산 어린아이가 눈에 보이는 모든 것들을 한 번씩 자르고 다니는 것처럼 선글라스를 낀 중대장은 여기저기 쓸데없는 참견을 하고 다녔다.

"지금 전부 대연병장으로 모이랍니다!"

어린 병사 하나가 뛰어와서 소리치고 다시 다른 곳으로 뛰어갔다. 병사가 떠나자마자 안내방송으로 전 인원 대연병장 앞으로 모이라는 방송이 나왔다. 연병장에는 어린 간부들이 모인 인원들을 정렬시키고 있었다. 하지만 계속해서 모여드는 인원들을 전부 통제하기엔 간부들의 숫자가 부족해 보였다. 사열대 위에서 한참을 뒷짐 지고 서 있던 장군이 포기한 듯 손짓으로 간부들을 물리고 마이크 앞에 섰다.

"범국가적 위기상황에 모인 국군 장병들에게 먼저 감사의 말씀을 드린다. 지금 서울의 상황은 북한의 공작원들에 의해 테러를 당한 상태이고 도망치지 못한 다수의 시민들은 포로로 붙잡혀 있는 상황이다. 앞으로 우리는 그들을 서울로 끌어들인 종북 세력을 색출 처단하고 서울을 탈환하는 작전을 실행할 것이다. 작전을 위해서 고맙게도 우방인 일본에서 먼저 선발대로 도착한 히로토 대좌가 함께해주기로 했다."

돌처럼 던져진 사실에 얻어맞은 사람들은 나처럼 할 말을 잃었다가 웅성거리기 시작했다.

"이렇게 다시 일본과 조선이 어깨를 나란히 하고 함께 싸우게 되기까지 정말 오랜 시간이 걸렸습니다. 여러분들의 희생을 역사가 기억할 것입니다.(일본어)"

대좌가 왠지 모르게 고무된 목소리로 말하면 옆에 서 있던 젊은 병사가 엉망인 실력의 한국어로 다시 말했다. 어깨를 나란히? 조선? 함께 싸운다? 역사? 희생? 모든 말들이 하나같이 이해되지 않았다. 되묻지 않으면 안 되는 것들이 많았다. 하지만 나는 사열대 아래

있었고 마이크도 없었다. 갑작스럽게 시작된 연설이 끝
나자 줄지어 나온 중대장급 장교들에게 병사들은 서 있
는 위치대로 무차별로 나뉘어 스무 명 서른 명 많게는
쉰 명의 인원들이 한 중대를 이루어 끌려갔다. 나는 깊
은 악연으로 선글라스를 낀 중대장을 다시 만났다. 설
마 일어날까 하는 일이 하나 있으면 그 일이 일어난다.

"휴대폰은 아직 잘 가지고 있나?"

격려하는 척 어깨를 두 번 치며 중대장이 말했다. 우
리는 완전 군장에 실탄을 지급받고 작은 시골 마을이
한눈에 들어오는 산 중턱에 진지를 구축했다. 농촌이
등지고 있는 산 너머에 시민 다수를 인질로 잡은 적의
부대가 있다고 했다. 두 시간씩 교대를 하면서 산과 농
촌을 쌍안경으로 감시했다.

강물

창민이는 약을 먹으면 몇 시간은 잘 걷다가 다시 약 기운이 떨어지면 열이 올라 거친 산길을 다니기에는 무리가 있었다. 창민이가 주저앉을 때마다 나는 먹을 것을 찾아 여기저기 돌아다니다 다시 돌아와 음식을 먹이고 약을 먹이는 방식으로 계속 이동했다. 하지만 험한 산길을 걸을수록 창민이의 상태는 계속 악화됐다. 나 혼자라면 어떻게든 헤쳐 나갈 수 있었겠지만 아픈 창민이를 업고 먹이는 것에 내 체력도 바닥이 났다. 지칠 대로 지친 우리에게 산에서의 하룻밤은 견디기 힘들었고 나마저 감기에 걸리고 말았다. 그래도 물소리가 나는 쪽으로 간신히 이동해 작은 계곡에 도착했다. 물이라도 맘껏 마셔보겠다고 양손을 모아 계곡 흐르는 물에 담갔다. 하지만 차가운 계곡물에 되레 내 손에 얼마 남지 않은 온기를 빼앗겼다. 그 자리에 등을 대고 누워 움직일 수 없었다. 그렇게 한참을 누워 있었다. 어렴풋이 계곡물 소리 사이에 사람들의 발소리가 들리는 것 같았지만 더 이상 도망칠 수 없었다. 이젠 눈꺼풀을 들 힘조차 없다.

불연속적인 장면으로 내가 누군가에 의해 부축받고

차를 타고 이동해 작은 텐트에 눕혀지는 장면이 기억에 남았다. 눈을 떠보니 나랑 창민이만 겨우 누울 수 있는 국방색 텐트에 눕혀있었다. 창민이와 나의 한쪽 팔에는 각각 노란 액체가 담긴 링거액이 꽂혀 있었다. 창민이의 안색이 한층 안정된 것은 아마 이 덕분일 것이다. 나도 몸이 가벼워져 바로 텐트 밖으로 나와 보니 커다란 운동장에 내가 누워있던 것과 같은 텐트가 가득 설치되어 있고 많은 사람들이 그 안과 주변에서 쉬고 있었다. 부축되어 올 때는 주변에 이렇게 많은 사람들이 있을 줄은 몰랐다. 대부분 군인이 아니었다. 가족 단위의 사람들도 보였다. 아마 피난을 가던 사람들인 것 같았다.

"저 아까는 의식이 분명치 않아서 확인을 못 했는데요. 성함 나이 사시는 주소지를 좀 적어 주시겠어요?"

어린 병사가 뛰어와서 물었다.

"꼭 적어야 하나요?"

괜히 알려줬다가는 또 간첩으로 몰릴지도 몰랐다.

"네. 혹시 가족 분들이 찾으실 수도 있으니까요."
"가족 없어요."
"아. 죄송합니다."

최대한 무덤덤하게 뱉은 말인데도 항상 이 말은 듣는 사람을 적잖이 당황하게 만든다. 어린 병사는 들릴 듯 말 듯한 목소리로 짧게 대답한 뒤 운동장에서 가장 가까운 건물로 돌아갔다. 나는 처음부터 없었기 때문에 아무런 상관이 없지만 내게 가족이 없다는 사실은 나보다 주변 사람들을 불편하게 하는 경우가 많았다. 학창 시절 부모가 없기 때문에 같은 반 친구의 부모들이 나와 자신의 자식이 친구가 되는 것을 싫어했고 노골적으로 반을 옮겨 달라고 요청하는 부모도 있었다. 그 때문에 선생님과 학교 관계자들이 곤란했다. 다행히 덩치는 또래 평균보다 항상 커서 괴롭힘을 받지 않았지만 내 존재만으로 주변 사람들이 곤란해질 수 있다는 걸 알았다. 그래서 굳이 내 얘기를 하려고 하지 않았고 그러기 위해서 사람들과 관계를 맺지도 않았다.

"지금 밥시간은 아니라서 제대로 식사는 없어도 저기 식당 건물에 가면 주먹밥 같은 건 먹을 수 있을 거예요."

바로 옆 텐트에 앉아 있던 아주머니가 말을 걸었다.

"네. 감사합니다."

정말 식당에 갔더니 누구나 가져갈 수 있도록 식탁

위에 주먹밥이 있었다. 창민이랑 내 것을 하나씩 들고 텐트로 돌아왔다. 오랜만에 조리된 지 얼마 안 된 음식을 먹으니 그냥 밥 덩어리일 뿐인데도 다양한 맛이 느껴졌다.

"물도 같이 먹어요."

옆에 계시던 아주머니가 군용 수통을 주셨다. 쪼그라들었던 식도가 물과 함께 음식이 내려가면서 펴지는 것이 느껴졌다.

"감사합니다."

수통을 받아들고 한참을 마시고 나서야 인사를 했다.

"더 마시고 싶으면 물은 저쪽에서 떠오면 돼요."

급하게 손에 든 것을 다 먹고 수통에 물을 다시 가득 채워서 아주머니께 돌려드렸다. 나를 볼 때마다 아주머니는 따뜻한 미소를 지어주셨다.

"가족이 없다고?"
"네, 고아에요. 이 친구도요."

아주머니가 곤란해하시지 않도록 최대한 무덤덤하게 사실을 말했다. 내 얘기를 들으시고는 땅 한 번 하늘 한 번 번갈아 보시곤 아주머니도 무덤덤하게 당신의 얘기를 했다. 남편 분이 젊을 때 돌아가시고 혼자 몸으로 열심히 키운 자식이 사회에 나가 자기 자리 하나 잡아서 성실하게 일하고 있었는데 그만 사고로 죽었다고 했다.

"아들이 죽고 뉴스에 아들이 뭐 때문에 죽었다고, 누구 때문에 죽었다고, 한참을 떠들고 시끄러웠어."

그래도 결국 아무것도 바뀌지 않았고 아들도 살아 돌아오지 않았다고 했다.

"내 아들은 다른 건 몰라도 참 착했어. 욕하는 것도 한 번을 못 봤어. 월급 받으면 나는 해준 것도 없는데 엄마 뭐 먹고 싶은 거 없냐고 가고 싶은 곳 없냐고 그랬는데. 그렇게 그냥 죽을 이유는 없는데 말이야. 아무리 생각해도 너무 아까워."

그래서 본인도 그냥 죽으려고 하셨다고. 아들 보는 재미로 살았는데 그 아들이 죽었으니 눈물은 계속 나오는데 목은 마르지 않았다고 했다.

"부모 마음이 이래. 부모 마음은 다 이래. 그러니까

자기 부모님도 자기 혼자 잘 먹고 잘살라고 버린 건 아닐 거야. 뭔가 분명히 피치 못할 사정이 있었을 거야. 그건 내가 확신할 수 있어. 그러니까 너무 미워하지 마. 그 말해주고 싶어서 한참 떠들었네. 미안해."

병사에게 화난 것처럼 '가족이 없다. 찾는 사람 없다.'라고 차갑게 말하는 내 모습 때문에 가슴이 아프셨나 보다. 아무런 잘못이 없는 아주머니가 내 부모를 변호하실 거라곤 생각하지 못했는데 덕분에 한 번도 느껴보지 못한 부모님의 사랑이 어느 정도 크기인지 짐작 정도 할 수 있었다. 다시 생각해보니 내가 원망하는 건 어쩌면 날 버린 부모님이 아니라 부모가 없기 때문에 마주치는 상황들이었다. 기억에도 없는 대상을 원망할 순 없었다.

"저녁 시간이다. 밥 같이 먹자."

아주머니와 함께 밥을 먹고 둘러본 부대에는 생각보다 이 상황에 잘 대처하고 있는 것 같았다. 딱 봐도 계급 장에 가장 화려한 것을 달고 있는 사람들은 건물 밖에 책상 몇 개를 꺼내 놓고 앉아서 바쁘게 왔다 갔다 하는 사람들에게 보고를 받고 즉각 지시를 내렸다. 덕분에 많은 사람들이 혼란에 빠지지 않고 생활을 할 수 있었다.

"저 죄송한데 예비군 선배님들도 충원하라는 명령

이 떨어졌습니다. 선배님도 몸이 괜찮으시면 도와주실 수 있으신가요?"

나는 고아라서 군대는 다녀오지 않았다. 선배님 소리가 양심에 걸리긴 했지만 이렇다 저렇다 설명하기 귀찮았고 주변에 젊고 건강한 사람들은 다들 뭔가 일을 하고 있으니 나도 당연히 도와야겠다고 생각했다. 상의만 대충 군복 같은 것을 받아 입고 나와 비슷한 또래들 사이에 섞여 잡일을 했다.

해가 지자 차례로 건물 안 단체 샤워장으로 들어가 샤워를 했다. 밝은 곳으로 들어가 얼굴을 드러냈다가 뉴스에 나왔던 내 얼굴을 알아보는 사람이 있을까 봐 샤워장에 사람이 없을 때까지 기다렸다가 들어갔다. 며칠 만에 따뜻한 물로 샤워를 하다 보니 정신을 놓고 샤워기에서 쏟아지는 물을 한참 동안이나 머리에 맞고 있었다. 수압에 기대어 한참을 숨 쉬는 것에만 집중하니 아무 생각도 하지 않을 수 있었다.

"따뜻한 물도 아껴야 해, 지금은."

중년 남성의 목소리가 샤워장에 울렸다. 나는 놀라서 물을 잠그고 중년 남성에게 등을 돌리고 서둘러 샤워를 마무리하고 나왔다. 서둘러 옷을 입는데 그 중년 남성도 탈의실로 들어왔다. 나이가 무색하게 몸놀림이 빠르고 군더더기 없었다.

"자네 간첩이지?"

아무렇지 않게 양말을 신으면서 말했다. 너무 놀라 명치 안에 무엇인가 끊어져 쏟아지는 것 같았다. 바지에 한쪽 다리를 넣고 다른 한쪽 다리를 들던 중에 힘이 풀려 입던 바지를 밟아 손에서 놓쳐 버렸다.

"그렇게 놀랄 필요는 없어. 난 안 믿으니까."
"어떻게…."

'어떻게'라는 말이 나왔다.

"어떻게 알아봤냐고? 자랑은 아니지만 나는 이 나이가 돼도 사람의 얼굴을 잘 잊히지 않아. 특히 직업 때문인지 뉴스에서 간첩이라고 나온 얼굴은 더더욱 잊을 수가 없지."

말을 이어 가면서 군복을 꺼내 입었다.

"제가 간첩이 아니라는 것은 어떻게 아셨죠?"

약간 안심이 돼서 옷을 마저 입고 다시 물었다.

"사실만 전하는 뉴스도 있지만 대부분의 뉴스는 목적을 가지고 있어. 오래 살아서 그런지 나는 그게 다 보여서 말이야. 고아로 위장된 간첩이라니 말이 된다고 생각하나? 사실이라고 해도 어릴 때 침투돼서 20년이 넘게 살았으면 남한과 북한 중에 어디서 살고 싶겠냐 말이야."

"목적이요? 그럼 대체 무슨 목적으로 저랑 창민이까지 간첩으로 모함한 거죠?"

나와 재만이 형 그리고 창민이까지 간첩으로 만든 목적이 알고 싶었다.

"요즘 사람들은 너무 바빠서 뉴스를 제목만 읽어. 그럼 사실이 뭐가 됐든 신경 안 쓰고 자기 할 일 하지. 하지만 그 제목이 마음에 남아서 생각에 영향을 주는 거야. 자네가 나온 뉴스 같은 경우에는 북한에 대한 경계심을 갖게 하고 북한과 좋은 분위기를 유지해 보려는 정부에 안 좋은 이미지를 씌우지. 사람들은 진짜 자네가 간첩인지 아닌 지에는 관심이 없어."

허무했다. 죽을 고생을 하고 도망친 것이 누군가의 필요에 의한 거짓말 때문이었다니 분노가 치밀어 올랐다. 옷을 다 입고 마지막에 모자까지 쓰니 야외에 꺼내 놓은 책상에 앉아 굳은 얼굴로 고민하며 지시를 내리던 지휘관의 얼굴을 알아볼 수가 있었다.

"자네는 진실이 뭐라고 생각하나? 이 나이, 이 자리까지 오면 뭔가 궁금해도 누군가에게 뭘 물어보는 게 힘들어서 말이야. 사실이 진실이라고 생각하나? 거짓도 사실이라고 믿는 사람이 있다면 사실이 되는 것은 아닐까?"

간첩으로 몰린 입장에서 사실이 아닌 것이 진실이 되면 안 될 노릇이었다.

"그런 건 잘 모릅니다. 하지만 저는 간첩이 아니니까 간첩으로 살 수 없습니다."

내가 간첩이기를 바라는 사람들의 뜻대로 할 수는 없다.

"그렇군."

처음과 다르게 작아진 목소리로 대답을 한 지휘관은 방금 샤워를 마친 얼굴치고는 얼룩진 얼굴로 나보다 먼저 탈의실에서 나갔다. 그렇게 며칠이 흘렀다.

아침을 먹으러 가는 길에 단상 앞에 서 있는 지휘관을 볼 수 있었다. 본인이 말할 준비는 다 끝내고 사람들이 밥을 먹고 돌아오기를 기다리고 있는 것 같았다. 아침 식사 시간이 끝날 때까지 한참을 그 자리에 서 있던 지휘관은 단상에 양 팔꿈치를 기대고 서 있다가 사람들이 대부분 모이자 말을 시작했다.

"아침 식사 맛있게 하셨습니까? 제가 시민 여러분들과 장병들에게 드릴 말씀이 있습니다. 이번 사태에 대해서 제가 알고 믿고 있는 사실에 대해서 밝히도록 하겠습니다. 먼저 이번 사태를 일으킨 주범은 북한이 아니라 야당과 그에 동조한 기업의 총수 그리고 일부 군 장성들입니다. 이들은 북한에 대한 경계심을 이용하여 국민들을 기만하고 자신들이 무력으로 다시 정권을 차지하려고 합니다. 아시다시피 최근 권력을 잃은 야당은 본인들의 부정이 드러나 괴멸할 위기에 처해 있었습니다. 그래서 일부 세력들과 결탁해 이런 사태를 버린 것입니다. 저에게도 함께하기를 종용했지만 저는 그럴 수가 없었습니다. 저들은 자신들을 위해 거짓을 만들고 국민을 인질로 국가를 손에 넣으려고 하고 있습니다. 하지만 제가 생각하는 국가는 곧 국민이기에 저들을 용서할 수가 없습니다. 저는 군인으로서 지휘관으로서 부적합한 사람이라는 것을 최근에야 깨달았습니다. 저는 저와 함께한 전우 그리고 제 지휘

하에 있는 장병들의 얼굴들을 잊을 수가 없습니다. 그래서 함께 목숨 바쳐 싸우자고 말하기가 힘듭니다. 만약 정말로 목숨을 잃는 장병이 생긴다면 평생을 그 장병의 얼굴을 잊지 못하고 죄책감에 잠을 이룰 수 없을 겁니다."

여러모로 식욕이 떨어지는 소리였다. 사람들이 아침을 다 먹기 기다린 것은 훌륭한 배려였다.

"물론 제가 하는 말을 믿기 힘드신 줄로 압니다. 오히려 저를 북한의 앞잡이로 생각하실 수도 있습니다. 그렇다고 제가 말한 것이 모두 사실이라는 것을 증명할 수도 없습니다. 그래서 저는 여러분들께 부탁드립니다. 만약 제가 한 말을 믿어 주신다면 저와 함께 싸워 주십시오. 명령이 아니기 때문에 거절하셔도 됩니다. 저와 함께 싸워 주신다면 저는 여러분들을 기억하겠습니다. 그리고 마지막엔 제 목숨을 내어놓겠습니다."

거짓말을 하는 사람을 구별하는 방법은 어렵지 않다. 그 사람의 말투나 행동은 꾸밀 수 있기 때문에 증거가 될 수 없다. 하지만 내가 그 사람의 말을 믿음으로써 그 사람이 얻는 것이 무엇인지 생각해보면 대번 알 수 있다. 저 장군은 아무것도 자기 손에 남기려 하지 않고 있다. '쾅!' 갑작스러운 폭발과 함께 모든 곳이 먼지 속으로 사라졌다. 숨이 막히고 굉음에 머리가 어지러웠다. 끊어질 것 같은 의식을 붙잡고 파편이 튀어 가는 방향으로 도망쳤다.

매국

새로 구축된 진지에서는 중대장의 계급이 가장 높았다. 적이 있다는 산 쪽으로는 참호를 파고 반대쪽에는 천막을 쳤다. 모든 일은 중대장의 지시로 이뤄졌다. 우선 천막으로 지휘소를 설치하고 그다음 참호를 파고 또 그다음 탄약을 운반하고 또 그다음 전투식량을 받아오고. 밖에서 본다면 능력 있는 지휘관으로 보일 수 있겠지만 안에서 볼 때는 전혀 그렇지 않았다. 중대장은 그저 할 일을 순서대로 지시했을 뿐 병사들의 체력 상황은 전혀 고려하지 않았다. 눈에 보이는 대로 일을 시켰기 때문에 중노동을 하고 바로 또다시 중노동에 투입되는 병사들이 적지 않았다. 악연으로 찍힌 나는 삽질을 하는 일에는 무조건 투입되었고 물리적으로 본진과 전할 것이 있으면 험한 산길을 나 혼자 몇 번을 왔다 갔다 해야 했다. 나를 고생시키려는 중대장의 의도와는 달리 본진과 진지를 오가는 사이에 감시를 피할 수 있었던 나는 오히려 한숨을 돌릴 수 있었다.

'새로운 기사가 올라와서 메시지를 보낸다. 미군

부대로 피난을 간 일부 미국인들이 전하는 말에 따르면 미군 부대는 이 상황에 주의를 기울이고 있을 뿐 딱히 뭔가 나서서 해결하려는 모습은 보이지 않는다고 한다.'

내심 미군은 언제 우리를 도와줄까 하고 기다리고 있었는데 맥이 빠지는 내용이었다. '고맙고 나는 아직 살아 있다'는 문자를 보내려는데 다시 배터리가 나가버렸다. 잠깐 멈춰 서서 검은 휴대폰 화면에 비친 내 얼굴을 보았다. 메시지를 읽는 시간보다 길게 내 얼굴 여기저기를 살펴봤다. 거울을 본지가 오래돼서 내 얼굴이 엉망이 되어 있는 것을 몰랐다. 광대와 코는 시커멓게 그을렸고 입 주변엔 하얗게 피부가 떠 있었다. 휴대폰을 다시 주머니에 넣고 새로운 암구호를 전달받으러 본진으로 가는 길에 k-9 자주포가 도로변에 정렬해 있는 모습을 봤다. 멈춰서 있어도 엔진소리는 속에서부터 망가질 것처럼 컸다. '팍! 팍! 팍! 팍!' 정렬된 순서와 상관없이 동시다발적으로 자주포가 발사됐다. 포격이 어디로 향했는지는 알 수 없었지만 포탄이 날아간 끝에 사람이 맞아 죽을 수도 있다고 생각하니 끔찍했다.

본진 입구에 다다르니 방금 자주포 근처에서 출발한 지휘 차량과 동시에 도착했다. 지휘 차량 안에는 사열대에서 연설하던 장군과 대좌가 흡족한 표정을 하고 있었다. 포를 쏘고 돌아오는 길이 여간 뿌듯한 것 같았다. 부대 입구 쪽 간이로 설치된 행사용 천막에 익숙한 얼굴이 눈에 들어왔다. 천막 아래서 사람들을 돌보고 있는 의사 선생님이었다. 모두가 고된 작업을 쉬지도 못하고 계속하니 여기저기 잔 부상에 감기몸살을 앓고 있었다.

"고생하십니다."

발목 주변이 찐빵처럼 부어오른 병사에게 붕대를 감아주고 있는 선생님께 가서 말을 걸었다.

"아, 그렇게 오랜만은 아닌데 오랜만인 것 같네, 자네도 어디가 아픈가?"
"아니요, 그냥 지나가다가 선생님이 보여서 인사를 드렸습니다. 아직은 아픈 곳이 없습니다."
"그래? 그럼 잠깐 나랑 저쪽에서 얘기 좀 하지."

원래 내게 할 말이 있었던 표정은 아니었다. 누구에게 말할까 고민하던 말이 있었는데 내 얼굴을 보고 내게 말하는 게 좋겠다고 결정한 표정이었다.

"이전에 말했던 외국 친구한테서 받은 메시지 혹

시 새로 받은 메시지 없나?"

나는 그간 받은 문자의 내용을 기억나는 대로 설명했다.

"역시 그렇군. 내가 임시 진료소 문제 때문에 상부에 올라갔을 때 들은 얘긴데 말이야."

선생님은 목소리를 한층 더 낮추고 말을 이어갔다.

(일본군의 대화)
"자네 나라를 판다는 말이 무슨 말인 줄 아나?"
"나라를 배신한다는 말 아닙니까?"
"그 말도 맞지. 그런데 조선인들은 말이야, 실제로 나라를 팔아. 그래서 이후에 돈이나 자리 등을 보장해주면 그 대가로 나라를 넘겨주지. 이번이 두 번째야. 침략이니 불법 점거니 아무리 떠들어 봤자 우린 파는 조선을 샀고 산 것을 맘대로 하는 것은 주인의 몫이니 사과할 필요도 없었던 거야."
"그럼 지금 저 장군이 나라를 판 것입니까?"
"저 군인이 무슨 힘이 있어서 나라를 팔겠나. 궁지에 몰린 정치인들과 정부에 불만을 가진 재벌 그리고 군인들이 같이한 것이지. 조선엔 국민의 눈을 가릴 것들이 참 많아. 조만간 병사들은 자신들이 어디에 포탄을 쏘는지도 모르고 명령에 따라 자신들의 국민을 향해 포를 쏘고 올 거야. 참 우습지 않아?"

"그럼 우리 일본은 왜 조선을 산 겁니까? 굳이 필요 없지 않습니까?"

"필요 없어도 싼값에 괜찮은 물건이 나오면 사두는 법 아니겠나? 어차피 일본 입장에선 손해 볼 것 없지. 쑥대밭이 되는 것도 조선이고 피 흘리고 죽는 것도 조선인이니까 말이야. 아마 그것이 마지막 기회라면 더욱더 사나워야겠지. 조금 더 있다간 진짜로 조선은 민주주의니 뭐니 하는 달콤한 얘기를 떠들면서 정말로 한국인들 맘대로 할 수 있는 나라가 될 수도 있었으니까."

의사 선생님이 일본어를 할 줄은 예상도 못 했을 것이다. 나에게 애국심이라는 것이 있었나? 평생을 대한민국에서 태어난 것은 불행이라고 생각하면서 살았다. 호주에 1년간 살다 온 후로는 그래도 이만한 나라가 없다는 약간의 애국심이 생겼었다. 돈도 웬만큼 벌고 여러 나라 출신의 친구들도 사귀면서 누구보다 잘 지냈다. 한국에 있을 때는 잘 먹지도 않던 김치가 그리웠던 것을 보면 나는 어쩔 수 없는 한국인이었다. 그래도 마음은 항상 서서 쉬는 것처럼 편하지 않았었다. 일본군들의 말을 전해 듣고 갑자기 가슴속에서 끓어오르는 감정이 애국심인지 분노인지는 정확하지 않았다.

"믿을만한 사람들이 있으면 최대한 이 얘기를 많이 퍼뜨려 주세요."
"무슨 생각하는 거야?"
"본부로 오는 길에 방금 저 자식들이 자주포를 쏘고 돌아오는 걸 봤어요. 가만히 있을 수는 없잖아요."
"일단 알겠어. 무모하게 행동하지는 말자. 알겠어?"
"네."

암구호를 받고 진지로 돌아갔다. 평소보다 시간이 더 걸린 것 때문에 중대장한테 한 소리를 들었다. 바로 다시 진지 보수 작업에 투입됐다. 발가락부터 무릎 허리까지 평생 이렇게 아팠던 적이 있었나 싶을 정도로 아팠다. 나는 중대장이 멀어질 때마다, 또 다른 병사와 단 둘이 있게 될 때마다, 지금까지의 일들을 전부 얘기했다.

그날 밤 경계 근무를 수행하러 중대장이 있는 천막에서 근무자 신고를 하러 들어갔다. 새로 실탄을 지급받고 준비한 얘기를 시작했다.

"중대장님은 지금 저희가 누구와 싸우고 있는지

아십니까?"

의자에 기대어 졸면서 경례를 받던 중대장의 눈이 번쩍 떠졌다. 피곤함에 충혈되고 쌍꺼풀이 진 중대장의 눈은 불타고 있는 것처럼 보였다.

"무슨 소리야? 장군님이 하신 말씀을 못 들었나? 지금 그걸 왜 묻는 거지?"

나는 중대장을 흥분시키지 않으려고 차분한 목소리로 대답했다.

"아니요, 들었습니다. 근데 혹시 싸우는 상대가 북한군도 종북 세력도 아닌 우리 국민이라면 어떻게 하시겠습니까?"
"너 이새…."

책상을 치고 욕지거리를 하려던 순간 방금 본인이 내 손에 쥐여 준 실탄을 보고는 행동을 멈췄다.

"알고 계셨습니까?"
"알고 있다니 넌 뭘 알고 있는데?"

흥분한 중대장이 벌떡 일어나 허리춤에 있는 권총

에 손을 가져갔다.

"우리나라가 어떤 놈들에 의해 팔렸고 죄 없는 사람들을 공격하고 있다는 것을 알고 있습니다."

만약 중대장도 속은 게 아니고 그들과 한편이라면 이런 반응이 나올 것을 예상했기 때문에 중대장이 권총을 뽑아 들기 전에 나는 장전과 조준을 마쳤다. 편안하게 졸다가 갑자기 목숨을 위협받게 된 중대장의 뇌와 몸이 갑작스러운 변화에 엄청난 스트레스를 받는 모양이었다. 신체 일부가 떨어진 것처럼 얼굴색은 검붉게 변했고 식은땀을 흘리기 시작했다.

"그럼 안 되냐? 나라 좀 팔고 나하고 우리 가족이 좀 잘 먹고 잘살면 안 되는 거야? 어차피 똑같잖아! 잘난 놈들이 못난 놈들 등 처먹고 사는 건 내 나라든 남의 나라든 똑같잖아. 예전에 한 번 팔아먹은 놈들은 아직도 잘 먹고 잘살잖아! 잠깐 진정해. 총 내리고 얘기해보자. 나는 아니 우리는! 그러면 안 되는 거야?"

갑자기 우리라는 말을 끼워 넣으면서 동시에 손가락으로 중대장과 내 사이에 큰 원을 그렸다. 나를 끌어들여 이 상황을 넘기고 싶어 하는 것 같았다. 역겨

웠지만 시원하게 중대장의 말을 반박할 수 없었다. 중대장이 한 말 중에 틀린 말은 없었다. 수 초 동안 말이 없는 나를 본 중대장이 긴장을 푸는 척하면서 거리를 좁혔다.

"좋은 게 좋은 거 아니겠어?"
"입 닥쳐 이 새끼야! 국사 시간에 졸았냐?"

내 말만 듣고는 믿을 수 없던 병사들이 천막 밖에서 우리가 하는 말을 듣고 있었다. 내가 아무 말도 못하자 답답했는지 한 명이 소리를 지르면서 뛰어 들어왔다. 나도 놀란 나머지 고개를 뒤로 돌리려던 순간 중대장이 허리에 차고 있던 권총을 뽑으려고 했다. '탕!' 영화처럼 서로 총부리를 겨누고 한참을 대치하는 일은 일어나지 않았다. 영화처럼 총알 한 발에 사람이 스위치를 내린 기계처럼 얌전하게 쓰러지지도 않았다. 심장과 명치 사이쯤 뚫린 구멍 쪽으로 우그러든 중대장의 몸은 불규칙한 리듬으로 떨렸고 몸속에서 무엇인가 얕게 끓어 넘치는 듯 한 단말마를 한참 내뱉다 그쳤다. 나는 그 모습을 지켜보면서 나는 한참 동안 숨을 쉬지 않고 있었다. 양 어깨를 쥐어짜던 무거운 긴장이 풀리면서 다시 숨이 들어왔다. 총에서 나는 익숙한 화약 냄새 끝에 생생한 피 냄새가 섞여 있었다. 어린 시절 온몸이 저리도록 울다가 그

쳤을 때처럼 멍한 기분이었다. 사람을 죽였다. 여기가 어딘지 정확히는 몰라도 두 시간이면 차 타고 집으로 돌아갈 수 있을 것이다. 하지만 나는 영영 돌아갈 수 없을 정도로 멀어져 버렸다. 총을 쏠 각오는 하고 있었지만 모든 것이 내 잘못 같았다. 각오한 것 이상의 죄책감이 나를 짓눌렀다.

"일어나. 이제 시작 아니야?"

전우가 그 자리에 주저앉아서 죽은 중대장의 얼굴을 보고 있는 나를 일으켜 세웠다.

"네. 그렇죠."

아직 얼굴이 저렸지만 중대장의 시체를 묻었다. 아침이 올 때까지 우리는 돌아가면서 경계를 서기로 했다. 하지만 오늘 나는 잠을 잘 수 없다. 내가 맡은 시간이 지나도 나는 후번초를 깨우지 않았다. 과연 내가 잘하는 것인지 밤을 새워 생각했다. 중대장을 쏘기 전까지는 내가 기억하는 모든 것들을 위해서 어떤 일이든지 할 것이라고 각오했다. 하지만 이젠 자신이 없었다.

밤이 거의 다 지나가고 온통 어두운 주변에 푸른

빛이 들자 내 안의 죄책감이 다시 커다란 에너지로 변했다. 나는 나에게 총을 쏘려고 했던 사람을 죽여도 이렇게 괴로운데 아무 죄도 없는 사람들에게 자주 포를 쏘고 흐뭇하게 돌아서는 인간들은 대체 무엇이란 말인가. 인간의 형태를 하고 있었지만 분명히 나와는 다른 존재임이 분명했다. 용서할 수 없다.

"왜 안 깨웠어요?"

말번초를 맡은 전우가 와서 어깨를 짚으며 말을 걸었다. 그제야 눈앞이 밝아졌다.

"저게 뭐지?"

산 밑 마을에 어제와 다른 모습이 눈에 들어왔다.

파편

정신을 차리고 보니 부대 입구로 들어가는 도로까지 내려와 있었다. 온몸이 뜨거운 물에 데인 듯 얼얼했다. 숨을 쉬는 것도 까먹고 뛰었는지 숨이 가빠서 미칠 것 같았다. 숨이 돌아오면서 시야가 다시 넓어졌다. 주변엔 도망쳐 나온 사람들이 널브러져 있었다. 꽤나 긴 길인데 내려오는 과정이 하나도 기억나지 않았다.

"창민이…."

창민이와 아주머니의 얼굴이 떠올라 급히 다시 내려온 길을 올라갔다. 폭발하는 소리는 잠잠해졌고 다시 중심에 가까워질수록 사람들의 신음, 비명이 들려왔다. 폭발과 함께 퍼 올려진 흙먼지 냄새와 타는 냄새 끝에 비릿한 냄새가 났다. 사는 것 자체가 지옥이라고 생각했지만 지옥은 아무래도 삶보단 죽음에 가까워야만 실감할 수 있었다. 먼지 속을 헤매다 기침으로 숨이 막혀 한 자리에서 한참을 기침하고 고개를 드니 그제야 먼지가 가라앉았다. 창민이와 아주머니 또 누군가를 구해보겠다고 뛰어 올라온 것이 바보 같았다. 그 자리에 도망치지 못하고 남아있는 사람들은 대부분 죽었거나 이미 손을 쓸 수 없는 상태였다. 의식이 없는 사람들의 얼굴을 하나하나 확인하면서 창민이를 찾을 용기가 나지 않았다. 찾는다 한들 내가 해줄 수 있는 일이 없을 것 같았다.

"형!"

멍하게 서 있던 내 뒤에서 창민이가 불렀다. 천만다행으로 무사해 보였다. 창민이의 어깨를 꽉 쥐어보고 창민이의 존재를 확인했다.

"형 귀가…."

내 오른쪽 귀에서 눈을 못 떼는 창민이를 보고 그제야 오른쪽 얼굴 전반이 얼얼한 느낌이 들었다. 더듬어 보니 귀의 모양이 연속되지 않고 있었다. 아마 폭발 때 날아온 파편에 찢어진 모양이었다.

"내려가자…."

말 그대로 무차별 포격에 아무 구분 없이 사람들이 죽어버렸다. 파편이 내 귀가 아니라 이마 쪽으로 날아왔다면 나도 이 자리에서 죽었을 것이다. 아주머니는 보이질 않았다. 아마 무사히 잘 도망치셨을 거라고 비겁하게 믿는 수밖에 없었다. 이미 죽거나 다친 사람들에게 난 아무것도 해줄 수 있는 게 없었다.

살아남은 사람들은 말없이 모여서 걷기 시작했다. 정신적 충격을 심하게 받은 사람들은 떨기만 했다. 서로 아는 사이는 아닌 것 같았지만 그래도 서로를 챙기며 그저 길을 따라 걸었다. 자고 일어났을 때 어제 무슨 일이 있었는지 오늘은 어떤 일을 해야 하는지 아무 생각도 나지 않는 아침처럼 한참 동안 걷는 것 이외에는 아무것도 할 수가 없었다. 그러다 제일 먼저 든 생각은 포격 직전에 지휘관의 연설이었다. 진실을 마주하고 싸우려고 결심한 순간 공격을 당했다. 어쩌면 자주포를 쏜 상대는 그 지휘관이 본인들의 편에 서지 않을 것을 이미 알고 있었는지도 모르겠다. 연설을 들은 직후 마음속에선 주저 없이 함께 싸울 각오를 하고 있었다. 하지만 그 기억은 돌아왔는데도 그때의 각오는 다시 돌아오지 않았다. 너무 두려웠다. 상대는 어디 있는지도 모르는데 속수무책으로 사람들이 죽어버렸다. 장거리 무기로 죽은 사람들의 처참함을 보지 않은 녀석들은 죄책감도 느끼지 않을 것 같았다. 사람들과 함께 밤이 될 때까지 걸었다. 산이 그저 검은 벽처럼 보일 때 작은 농촌에 도착했고 각자 몸을 눕힐 곳을 찾아 자리를 잡았다. 담벼락에 작은 지붕이라도 있으면 다행이었다. 그 와중에 각자 집을 뒤져 먹을 것 덮을 것을 찾아서 나눴다. 욕심을 부리는 사람은 한 명도 없었다. 잠겨있는 집들도 너무 쉽게 열렸다. 죽음 바로 앞에서 도망쳐 나온 사람들은 어떻게 해서든 함께 삶을 지속하려고 했다. 그저 살고 싶은 사람들 욕심도 없이 나누면서 함께 살고자 하는 사람들이었다. 나도 그랬다. 삶 이외에 것을 욕심내 본 적도 없었다. 가족도 처음부터 없었으니 그만이었다. 집은 누울 자리만 있으면 충분했다. 창문조차 욕심내지 않았다. 비싼 차나 아름다운 연인은 꿈꿔 본 적도 없다. 지금은 삶마저도 빼앗길 처지에 놓여 있지만 난 죽지 않았다. 죽고 싶지 않다.

"일어나."

함께 도망쳐온 중년 아저씨가 작은 목소리로 나를 깨웠다. 차가운 새벽하늘을 배경으로 아저씨의 얼굴이 검은 그림자처럼 보였다.

"군인들이 이쪽으로 오고 있어. 어서 사람들을 깨워서 숨어."

아무렇게 널브러져 자고 있던 사람들을 하나하나 조용히 깨워 될 수 있으면 군인들이 오는 방향과 반대쪽으로 이동시킨 뒤 산에서 내려오고 있는 군인들을 주시했다. 산 밑까지 내려온 것을 확인했지만 그 이후로는 풀숲과 지형 때문에 어디에 있는지 확인할 수가 없었다. 나는 마을 입구 쪽에 설치된 야외 운동기구가 있는 작은 공원에 몸을 숨겼다. 아저씨는 같이 몸을 숨겼다가 군인들이 지나가면 다시 도망가자고 했지만 만약 군인들이 우리가 여기 있는 것을 보고 오는 것이라면 도망치기는 쉽지 않을 것이다. 이렇게 된 이상 나는 녀석들에게 어제 사람들을 죽인 책임을 물을 작정이었다. 시간이 지나자 병사 한 명이 건넛마을 쪽에서 오는 것이 보였다. 다른 한 명의 모습은 보이지 않았지만 그다음을 생각할 시간이 없었다. 아무런 경계 없이 터벅터벅 걸어오는 모습에 어이가 없었다. 오른쪽 어깨에 총이 보였다. 조금만 더 들어오면 당당하게 걷는 저 녀석의 총부터 뺏어야겠다.

"야!!!"

나도 모르게 긴장과 두려움을 떨치려고 소리를 지르면서 달려들었다. 녀석을 쓰러뜨리고 총을 양손으로 잡았다. 어깨에 걸린 줄 때문에 쉽게 뺏을 수가 없었다.

"탕!"

엎치락뒤치락하려던 찰나 방금 녀석이 건너온 도로에서 총소리가 났다.

"움직이지 마!"

같이 내려온 병사가 뒤에 숨어서 지켜보고 있었다.

"에잇!"

거의 동시에 숨어있던 아저씨가 나를 도와주러 뛰어들었다. 순간 아래 깔린 녀석의 총을 빼앗고 총소리가 난 쪽을 겨눴다.

"너도 움직이지 마!"

떠오르는 햇빛이 서로의 얼굴을 비추기 전까지 우리는 서로 총을 겨누고 있었다.

촛불

전날 밝을 때 내려다보던 마을의 풍경이 살짝 변해 있는 것을 눈치채고 사람들이 누워있는 것 같아 확인해보려고 내려왔다가 갑자기 공격을 당했다. 뒤를 맡기지 않고 둘 다 마을로 진입했다면 큰일 날 뻔했다.

"잠깐 쏘지 마세요!"

햇빛이 얼굴을 비추자 얼굴이 보였다. 그때와 지금의 표정이 너무 달라서 못 알아볼 뻔했지만 이전에 산에서 동생과 함께 만난 간첩으로 오해받았다던 서재현이었다.

"아니, 어떻게 여기에?"

서로 겨누고 있던 총을 내리지 못한 채 대화를 시작했다.

"어제 오전! 어제 오전에 당신네들이 쏜 거야?"

내 질문이 끝나기도 전에 재현이 화가 난 목소리로 물었다. 어제 오전이라면 설마 그 자주포에.

"일단 진정하고 얘기하시죠."

짐작은 확신이 되고 헤어지고 오늘까지 있었던 일들을 주고받았다.

"그럼 이 마을에서 쉬고 계세요. 이쪽 경계 담당은 우리니까 안심하고 쉬고 있어도 됩니다."
"저도 같이 가겠습니다. 그냥 도망치다가 영문도 모르고 당하느니 나도 이제 같이 싸우겠습니다."

이젠 서로 같은 군복을 입고 있고 또 앞으로 얼마나 많은 적을 상대해야 할지 모르기 때문에 말릴 수가 없었다. 소수의 인원들만 함께 진지를 거쳐 본진으로 돌아갔다. 어린 창민이는 함께 피난 온 사람들과 함께 남았다.
아무 일도 없었던 것처럼 임시 의무실로 들어갔다. 천막 안에는 의사 선생님을 제외한 다섯 명이 심각한 표정을 하고 앉아 있었다. 의사 선생님이 막 그들에게 설명을 마친 상태였다.

"그 말을 믿는다고 치고 그다음엔 뭘 어쩌자는 겁니

까?"

"여러분들이 도와주신다면 장군은 제가 처리하겠습니다."

"방법이야 둘째 치고 어떻게 당신들의 말을 믿을 수 있냐는 말이야."

다섯 명 중 한 명이 끝까지 우리를 의심했다. 나머지 네 명도 말은 안 하고 있었지만 믿든 안 믿든 적극적으로 우리에게 협조하려고 하지 않았다. 당연한 일이다. 어찌 되었든 일단 시작하면 목숨을 걸어야 하는 일이었다.

"벌써 아무런 죄도 없는 사람들이 다치고 죽었습니다. 그분들을 눈으로 확인하면 그럼 믿으시겠습니까?"

천막 밖에서 망을 보고 있던 재현이 박차고 들어오면서 말했다. 미적지근한 태도를 보이는 사람들에게 화를 참지 못했다.

"어, 저 사람!! 뉴스에서 봤어!! 북한에서 무슨 간첩인가 하는 그 사람 아니야?!"

참으로 안 좋은 타이밍에 재현의 누명이 들춰졌다.

"이거 봐! 이거 간첩 놈들이 작당을 하고 우릴 속이

려고 하고 있었구만. 아니야? 다들 빨리 상부에 보고해! 이 녀석들 움직이지 못하게 잡아놔!"

다른 사람들이 어쩔 줄 모르고 더듬거리는 중에 재현이 갑자기 소독용 에탄올 통을 집어 자신에게 들이부었다.

"저 간첩 아닙니다! 못 믿겠으면 그냥 지금 저에게 불씨 하나 던지고 이분 따라가서 어떤 분들이 공격당하고 다쳐서 쓰러져 있는지 봐주세요! 보고 그 사람들이 북한 사람인지 우리의 적인지 확인하시면 됩니다. 시간이 없습니다. 빨리 불붙이고 출발하세요."

재현의 행동엔 두려움이나 망설임 같은 것은 보이지 않았다. 진심으로 어서 자신에게 불씨를 던지고 사람들을 구하러 가는 것을 바라고 있었다. 값싼 몇 마디 말로 사람들을 설득하려고 했던 내가 부끄러웠다. 나도 남은 소독용 알코올 통을 나에게 부었다.

"저는 어젯밤 이 일에 동조한 중대장을 쏘고 왔습니다. 이유야 어찌 됐든 사람을 죽인 죗값은 언젠간 받을 생각이었습니다. 저에게 불씨를 던지고 어서 출발하세요."

증발한 알코올이 콧속에 들어오면서 숨을 제대로 쉴 수가 없었다. 힘겹게 말을 끝내자 의사 선생님도 알코올 통을 집어 들었다.

"됐어! 그만들 해요. 목숨까지 걸고 사기 치는 거면 속을 수밖에 없지."

끝까지 우리를 의심하던 상사가 의사 선생님이 알코올을 붓는 것을 막았다. 아마 군 간부 중에도 이번 일에 우리들처럼 아무것도 모르고 명령에 따라 움직이고 있는 사람들이 있었나 보다.

"그래서 어떻게 '처리' 할 생각인가?"

20대 중반의 꼬맹이가 당당하게 말한 '처리'가 무엇인지 들어나 보자는 듯이 턱을 한껏 치켜들고 물었다.

"자리만 마련해 주시면 제가 쏘겠습니다. 이미 한 명 죽였으니 더 이상 주저할 필요가 없습니다."

온몸에 알코올이 체온과 함께 증발하면서 소름이 돋아 몸이 살짝 떨렸다.

"하하하하!"

상사가 어처구니없다는 듯이 웃었다.

"왜 웃으시죠?"

나름대로 큰 각오를 하고 생각한 일인데 어른 앞에
서 어른인 척하는 어린아이처럼 비웃음을 당했다.

"살려두면 죽을 때까지 자기들은 잘못이 없다고 거
짓말을 할 게 뻔합니다. 잡아넣으면 법이니 절차니 따
지면서 어떻게 해서든 살려고 끝도 없이 떠들어댈 겁니
다. 이 기회에 죽여야 합니다."
"죽인다고 끝이 날까? 오히려 더 좋은 먹이를 주는
꼴이 아닐까?"

나를 진정시키려고 일부러 더 차분한 목소리로 의
사 선생님이 말을 했다.

"저들은 한두 사람이 아니야. 오히려 네가 그 장군
을 죽이면 그들은 자연스럽게 너와 우리를 모함할 거고
네가 말한 것처럼 끝도 없이 모함하고 해명하는 싸움을
해야 돼."
"그럼… 어떻게 합니까?"

나는 아직도 어리고 부족하다는 것을 한 번 더 깨닫
는 순간이었다.

"기왕 사람들이 모였으니까 이제부터 다 같이 생각해보자고."

자리에서 일어나 풀이 죽은 내 등을 툭 치면서 상사가 말했다. 커다랗고 두꺼운 상사의 손 밑으로 알코올에 빼앗긴 체온이 다시 모이는 것을 느꼈다.

짧지만 필사적으로 회의를 한 끝에 각자 자신들의 역할에 따라 움직이기 시작했다. 나와 재현 그리고 오상사는 오 상사의 개인 승용차를 타고 이동했다.

"내일 꽤나 많은 병력을 데리고 수원으로 이동할 거야. 우리는 오늘 먼저 수원으로 가서 기다린다."

오 상사는 언제 우리를 의심했냐는 듯이 일말의 주저함도 없이 우리를 차에 태우고 출발했다.

"가는 길에 될 수 있으면 재현 씨랑 같이 공격받은 분들을 한번 보고 가시는 건 어떠세요?"

혹시라도 아직 마음에 의심이 남아 있을까 봐 걱정이 됐다.

"됐다. 니들이 거짓말을 하고 있지 않다는 것은 처음부터 알았어. 이 나이가 되면 사람만 봐도 어떤 사람인지 거짓말을 하는지 한눈에 알 수 있다. 지금 다시 생각해보면 너희를 못 믿어서 화를 낸 것이 아니야. 단지 그 말이 사실이라고 생각하는 게 스스로 겁이 나서 그랬던 것 같아. 군인이면서도 적하고 싸워야 한다는 사실이 두려웠나 봐. 하지만 너희가 알코올을 몸에 붓는 것을 보고 정신 차렸다. 이제 나도 내가 할 일을 하면 되는 거야."

긴장이 풀린 건지 어제 하루 잠을 자지 않은 피로가 한 번에 몰려온 것인지 차 안에서 잠이 들어 버렸다.

눈을 떠보니 도로에 엉망으로 얽힌 차들 때문에 더 이상 차를 타고 이동하는 것이 불가능했다. 어두워지기 시작한 거리의 차들 사이를 비집고 이동하는 동안 이따금 느껴지는 작은 인기척, 서로가 서로의 움직임에 흠칫 놀라고 있었다. 비교적 낮은 건물들에 숨어있는 사람들 쪽에선 우리에 대한 경계심이 느껴졌다. 마침내 도착한 대학교 앞에는 책상과 걸상으로 건물과 건물 사이를 둘러싸 마치 외부에서의 침입을 막으려는 성처럼 보였다. 바리케이드 근처로 다가서니 그 너머에 권총을 든 청년 한 명이 우리를 맞이했다. 총을 고쳐 잡으려는 나를 오상사는 말리면서 대학 건물 위쪽에 창문을 가리켰다. 창문에는 이미 여럿이 우리를 조준하고 있었다.

"무슨 일이십니까?"

총을 바닥에 내려놓고 양손을 들었다.

"말을 전하려고 왔어요. 싸우러 온 것이 아닙니다."

예상외로 쉽게 말이 통했고 우리는 건물 안으로 들어갈 수 있었다. 대학에 모인 사람들은 주로 대학생 그 나이대의 군인 경찰 등 대부분 젊은 청년들이었다. 안내받은 사무실에는 멀티탭을 연결해 얼핏 서른 대의 휴대폰을 번갈아 충전하고 있었다. 서울에서 갑작스러운 피난 행렬이 시작됐을 때 도망칠 방법이 없는 타지역 출신 대학생들이 학교에 남았고 그런 대학생들을 아무 이유 없이 연행하려고 하던 군인들과 마찰이 있었다고 했다. 그때 같이 온 군인들 중에 학생들의 편에 선 사람이 있어서 끌려가지 않고 학교를 지킬 수 있었다고 했다. 그 와중에 인터넷이 완전히 끊긴 것이 아니라는 것을 발견했고 휴대폰을 모아 최대한 외부의 정보를 얻으려고 노력하고 있다고 했다. 인터넷이 완전히 끊긴 것이 아닌 줄 알고 있는 사람은 나뿐만이 아니었다.

"조금 있으면 중화기로 무장한 군인들이 들이닥칩니다. 하지만 우리는 도망치라고 말하려고 온 것이 아닙니다."
"도망치라고 해도 도망치지 않습니다. 저희는 어떻게 하면 됩니까?"

대단한 작전을 짜기엔 짧은 시간이었고 전문가도 없었다. 막상 실행하려고 보니 성공할 수 있을 거라는 확신도 들지 않았다. 그나마 사용할 수 있는 휴대폰의 수가 내 것뿐만이 아닌 것은 다행이었다. 하지만 계획대로 우리가 여기서 나가 마주 올 부대에 늦지 않게 도착한다면 최소한 이 나라에 희망이 남아 있는지 확인할 수 있다.

준비를 마치고 우리 세 사람은 학교 밖으로 나왔다. 시간에 쫓겼지만 아슬아슬하게 준비를 마쳤다. 학교를 나서서 바라본 길의 끝에 거대한 움직임이 보이기 시작했다. 우리는 정면으로 달리기 시작했다. 장갑차와 사람의 형태가 구분될 정도에 거리에 다다랐을 때 소름 끼치게 단단하고 날카로운 소리가 내 왼쪽 어깨를 스쳤다. 고약한 벌레에 심하게 꼬집힌 것 같은 고통이 느껴졌다. 생전 처음으로 총구를 마주하고 있는 공포에 다리에 힘이 풀릴 뻔했지만 우린 멈추지 않고 계속 달렸다. 다행히도 처음 날아온 총알 이후에는 우리가 도착할 때까지 이어지는 공격은 없었다. 아마 의사 선생님 일행은 맡은 역할을 수행했을 것이다. 전차에 가려져 있던 뒤편에는 혼돈의 도가니였다. 얼굴이 익숙한 사람들과 그동안 마주친 적이 없는 병사들이 서로 총을 겨누고 있었다.

"잠깐만 기다리세요. 아무도 쏘지 마세요."

나는 낯선 얼굴들에 천천히 다가서면서 얘기를 시작했다.

"저는 이정훈입니다. 대한민국 대전에서 태어났고 스물일곱 살 여러분과 같은 평범한 사람입니다."

숨이 차고 겁이 나서 내가 적이 아니라는 것을 증명하기 위해 순서 없이 떠들었다.

"저는 지금 여러분들이 공격하라고 명령받은 학교에서 오는 길입니다. 그 학교 안에 있는 사람들도 마찬가지입니다. 저와 같고 또 여러분과도 다르지 않은 사람들입니다."

우리는 아주 조심스럽게 학교에서 가져온 휴대폰들을 사람들에게 나눠줬다. 휴대폰에는 학교 안에 있는 대부분의 사람들의 모습이 들어 있었다. 영상들 속에 사람들은 방금 내가 한 것처럼 자신들의 얘기를 하고 있었다. 나이 이름 주소지 출신 학교 가족 관계 직장 직업 짧은 시간 지어냈다고 하기에는 너무 많고 자세한 이야기들이 흘러나왔다. 영상을 본 사람들은 할 말을 잃고 휴대폰을 전달했다. 우리의 작전은 이렇게 설득을 통해 공격을 멈추는 것이었다. 병사들의 총구가 힘없이 땅을 보고 있었다. 단지 명령에 따라 앞장섰던 사람들의 시선이 무엇인가를 찾고 있었다. 시선은 한 레토나에 멈췄고 그 안에서 차 창문을 내리고 장군이 상체를 내밀었다. 장군은 차 창틀에 팔을 얹고 권총으로 나를 겨눴다. 귀찮은 듯 바늘에 실을 꿰는 표정으로 감은 한쪽 눈, 그 반대쪽 눈과 그리고 권총의 짧은 총열과 내가 일직선에 선 순간이 내가 기억하는 마지막이 됐다.

서울

　아마 얼굴 머리 심장 여하튼 이 중에 한곳에 총을 맞은 것이리라. 한순간에 TV를 끈 것처럼 눈앞이 어두웠다. 죽은 것이다. 죽은 뒤에도 생각이 계속되는 것을 보니 아마 사후세계 혹은 영혼이라는 것이 실제로 존재했나 보다. 죽은 사람은 다시 말을 할 수 없으니 아무도 알지 못했던 것뿐. 아주 깊고 검은 물속에 가라앉은 기분. 아, 아버지께서 집으로 돌아오라고 했는데… 난리 통에 내 생사를 확인하실 수 있으실까 걱정된다. 어머니는 또 많이 우시겠다. 어머니 아버지가 보고 싶다. 개들은 살아 있을까? 아쉽다. 누가 나를 죽였는지 내가 왜 죽어야 하는지 원망은 아쉬운 감정에 비하면 아주 작았다. 어머니 아버지가 기다리시는 집으로 돌아가고 싶다. 단 며칠만이라도 더 가족들과 살고 싶다. 아쉬운 마음이 눈물로 쏟아졌다. 어둠 속에서 허우적거리다 옷자락 같은 것이 손끝에 닿았다. 놓치면 영영 어둠 속 깊이 가라앉을 것 같아 그 천 쪼가리를 꽉 잡았다. 그러자 점점 몸이 떠오르는 기분이 들면서 눈앞이 밝아졌다.

　힘이 잔뜩 들어간 오른손은 하얀 이불을 잡아 뜯고 있었다. 눈물을 닦으려고 손을 올리니 팔에 수액이 연결되어 있었다. 배 쪽 모든 근육에서 근육통이 느껴져 몸을 돌리진 못하고 눈알만 굴려 간신히 확인해보니 병원이었다. 죽지 않았구나… 지독한 악몽을 꿨구나… 휴대폰을 찾으려 했으나 헛수고였다. 나는 병원복을 입고 있었고 총에 맞은 사람의 휴대폰까지 챙겨서 병원으로 옮길 상황은 아니었을 것이다.

"어? 이 아저씨 정신 들었네? 선생님! 선생님!"

옆 병상에 있던 사람이 내 얼굴을 힐긋 보더니 놀란 듯 의사를 부르면서 뛰어나갔다. 덕분에 병상 커튼에 가려져 있던 TV가 눈에 들어왔다. 화면 오른쪽 위에는 작은 글씨로 사상자의 숫자가 적혀있었다. 뉴스에선 서울의 모습이 나왔다. 사람들이 많은 곳 사람들의 눈에 띄는 시설들이 망가져 있었다. 광화문, 광화문에 있는 이순신 장군 동상 세종대왕 동상 숭례문 경복궁 청와대 등 상징적인 것들의 부서진 모습들이 보였다. 피난의 시발점이 된 첫 공격에 무너진 것들이라고 했다. 외국에 있다가 돌아오지 못했던 대통령은 사태가 진정되자 들어올 수 있었다고 했다. 진실을 알고 싸우고자 했던 사람들은 나와 함께했던 분들만이 아니었다. 대기업의 직원들과 경찰 그리고 나처럼 아무것도 모르고 군에 있던 병사들이 모두 나와 같이 싸우고 있었다. 대한민국에 정의로운 사람들은 다 죽었다는 내 생각은 틀렸었다. 처음부터 정의로운 사람이란 없었는지도 모른다. 그저 나처럼 나와 우리를 지키고 싶었을 뿐.

"정신이 드세요? 이름하고 나이 주소지 말씀해 보시겠어요?"

의사로 보이는 사람이 와서 이것저것 물었다. 목과 입 주변이 바짝 말라 말하기 힘들었지만 전부 대답했다. 아마 한동안 움직이는 것은 무리일 것 같았다. 살짝이라도 움직이려고 하면 배에서 엄청난 통증이 느껴졌다. 집으로 돌아갈 수 있을 것 같아 긴장이 풀려 다시 잠에 들었다. 얼마 후 몸도 회복되고 유선 통신도 복구가 되어 부모님과 통화할 수 있었다. 두 분 모두 무사했다. 아들이 총에 맞아 병실에 누워있는 꼴을 보시면 두분 다 충격받으실 것이 뻔했기 때문에 집에서 만나자고 했다. 여정을 함께한 의사 선생님이 찾아와 인사를 했다. 그때 함께했던 모두가 무사하다는 소식을 전해줬다. 재수 없게 그때 총에 맞은 사람은 나 한 사람뿐이었다고. 나를 쏜 그 장군은 그 자리에서 오 상사가 쏜 총에 제압당했다고 했다. 본인은 지금 의사가 필요한 곳에서 사람들을 돕고 있다고 했다. 서로 뉴스에 나온 재현의 얘기를 하면서 복통을 각오하고 한참을 웃었다. 나를 잊지 않고 일부러 찾아와준 선생님이 고마웠다. 모든 것이 제자리를 찾아가고 있는데도 총상보다 조금 위쪽의 답답함이 사라지지 않는다. 중대장을 죽인 나도 조만간 죗값을 치러야 할 것이다. 걷는 모습이 어색하지 않을 정도로 회복이 된 다음 집으로 돌아갔다. 돌아오는 길, 연둣빛 산에 햇빛이 가득 쏟아졌다. 다 아물지 않은 상처 때문에 마음만큼 부모님을 꽉 껴안지는 못했다. 두 마리의 개는 집을 지키고 있었다고 했다. 덕분에 부모님이 집에 돌아왔을 때 집엔 아무 일도 없었다고.

여름

정훈을 병원으로 옮기고 창민이를 다시 만났다. 며칠은 정훈이 있던 부대에서 잡일을 도우면서 주변 상황이 안정되기를 기다렸다. 대통령이 돌아오고 모든 것이 제자리를 찾아갔다. 우리는 집으로 돌아왔다. 매일 집에 있을 때는 잘 느끼지 못했던 집 냄새가 반가웠다. 인터넷과 TV가 돌아오고 직장에서 연락이 왔다. 할 일이 많다고 했다. 내가 간첩이 아니라는 사실을 굳이 설명할 필요가 없었다. 대부분 아닐 줄 알았다는 반응이었다. 한 선배는 나에게 자신이 간첩이 아니라는 것을 증명할 방법을 장난스럽게 알려주기도 했다. 그 조언이 금방 유용하게 쓰일지는 생각지도 못했지만.

며칠 뒤 점심을 먹고 있는데 정장을 입은 남자 둘이 나를 찾아왔다. 나를 잡으러 왔던 경찰들은 아니었다. 재만이 형과 관련돼서 증언이 필요하다며 나를 데려갔다. 도착한 건물 앞에는 기자들이 있었다.

"이재만 씨랑은 무슨 관계입니까?"
"실제 간첩입니까?"
"남파됐을 때 몇 살이었습니까?"

"간첩이 아니면 왜 도망친 겁니까?"

아직도 내가 간첩이라고 생각하는 사람들이 있나
보다.

"김정일 김정은 개새끼! 돼지 새끼! 나 간첩 아니
야!"

선배의 장난스러운 조언의 효과는 꽤 좋았다. 내 말
을 듣고 기자들은 먹이를 놓친 개처럼 허탈한 표정으로
한참을 멍하게 있다가 돌아갔다. 나는 건물 안으로 들
어가 형식적인 질문들에 대답했다.

여전히 월급은 혼자 살기에도 빠듯했고 집에 햇빛
이 잘 들지 않는 것도 변함없지만 돌아온 일상은 예전
과 다르게 따뜻했다. 뉴스에 몇 번 나와서인지 사람들
이 내 이름도 불러주고 마주치면 엷은 미소를 보였다.
부모도 없는 내게 식당의 많은 이모들이 생겼다.

디스 이즈 싸우스 코리아

저 자 정작자

1판 1쇄 발행 2020년 9월 30일

저작권자 정작자

발 행 처 하움출판사
발 행 인 문현광
교   정 김은성
편   집 이정노
주   소 전라북도 군산시 축동안3길 20, 2층 하움출판사
I S B N 979-11-6440-694-4

홈페이지 http://haum.kr/
이 메 일 haum1000@naver.com

좋은 책을 만들겠습니다.
하움출판사는 독자 여러분의 의견에 항상 귀 기울이고 있습니다.

이 도서의 국립중앙도서관 출판예정도서목록(CIP)은 서지정보유통지원시스템 홈페이지(http://seoji.nl.go.kr)와
국가자료종합목록 구축시스템(http://kolis-net.nl.go.kr)에서 이용하실 수 있습니다.
(CIP제어번호 : CIP2020040043)